龍の革命、Dr.の涙雨

樹生かなめ

JN230166

white heart

講談社X文庫

目次

橋高正宗
【きったか まさむね】
清和の養父。
眞鍋組顧問。
祐
【たすく】
眞鍋組の参謀。
安部の息子のような存在。
安部信一郎
【あべ しんいちろう】
正宗の右腕であり舎弟頭。
眞鍋組組員の信望が厚い。
橋高典子
【きったか のりこ】
清和の養母。
リキ
清和の右腕。
眞鍋の虎と呼ばれる。
橋高清和
【きったか せいわ】
眞鍋組二代目組長。
氷川の恋人。
氷川
氷川諒一
【ひかわ りょういち】
清和の恋人。
明和病院に勤める
美貌の内科医。
人物紹介

京介
【きょうすけ】
ホストクラブ・ジュリアスの人気ホスト。ショウの幼馴染み。
サメ
眞鍋組の諜報部隊トップ。
ショウ
清和の舎弟。眞鍋組の特攻隊長。
吾郎
【ごろう】
清和の舎弟。
卓
【すぐる】
清和の舎弟。箱根の旧家出身。
宇治
【うじ】
清和の舎弟。
信司
【しんじ】
清和の舎弟。摩訶不思議の信司と呼ばれる。

イラストレーション／奈良千春《ならちはる》

龍《りゅう》の革命《かくめい》、Dr.《ドクター》の涙雨《なみだあめ》

1

本気で殺す気か？

目の前に血まみれのサバイバルナイフが転がっている。

どうしてこんなことに、と氷川《ひかわ》諒一《りょういち》は目の前の惨状に愕然《がくぜん》とした。あってはならない事態だ。

ギラリ、とジャックナイフが鈍く光った。

「死ねーっ」

悪鬼と化した兄が夜叉《やしゃ》そのものといった弟に斬《き》りかかった。

「死ぬのはお前だーっ」

グサリッ。

兄が振り下ろしたジャックナイフは、弟が手にしていた枕《まくら》に突き刺さる。間一髪、弟は命拾いした。

……否、兄は二本目のジャックナイフを取りだした。

「地獄に落ちろーっ」

「地獄に落ちるのはそっちだ。よく考えろーっ」

弟は床に落ちていた血まみれのサバイバルナイフを拾い上げると、的確に兄の急所を狙《ねら》った。

「僕の貯金や債券を返せーっ」

「もともと、あれは俺のものだーっ」

男たちの罵声《ばせい》に甲高い悲鳴が混じり、ヒステリックな喚《わめ》き声《ごえ》も響き渡る。人が理性をかなぐり捨てた場だ。

かつて同じ屋根の下で生まれ育った兄弟が激しくいがみ合っている。それも氷川が勤務する明和《めいわ》病院の病棟で。

ここは眞鍋《まなべ》組のシマじゃなくて僕の勤務先だ。

お兄さんも弟さんもヤクザじゃないのにヤクザに見える。

どうしてこんなことになった。

お母様が悪いんだろうけど、と氷川は担当している入院患者に視線を流した。

髪の毛を紫色に染めた母親は、凶器を持ち込んだ兄を金切り声で罵《ののし》っている。言い争いを少し聞いただけでも兄に同情したが、母親は三流の大学院で研究を続けている弟の肩を持ち続けた。これでは火に油を注ぐだけだ。

「やめなさい。ここは病院ですよーっ」

氷川は担当医として騒動を止めようとした。

しかし、弟が兄に向けて投げたセーブルの花瓶が飛んでくる。

当たる、と氷川は瞬時に身を逸《そ》らした。

ボカッ。

セーブルの花瓶は、氷川の顔面ではなく背後に立っていた男性看護師の顔面にヒットする。哀れにも、男性看護師は低い呻《うめ》き声《ごえ》を漏らしながら床に蹲《うずくま》った。

「……ひ、氷川先生、危ない。危ないですっ」

ベテラン看護師に氷川は腕を引かれ、争う兄弟から距離を取る。若い看護師は床で失神しているふたりの警備員を指で差した。

「……氷川先生、警備員さんも敵《かな》わなかったんですっ」

元警察官だという警備員がふたりがかりでも、理性をなくした兄弟を止められなかったようだ。どちらも苦しそうに呻いている。騒動を聞きつけ、わらわらと入院患者やスタッフが集まってくる。

血飛沫《ちしぶき》が飛び散り、ガラスの破片も勢いよく飛ぶ。

スタッフたちは本性を剝《む》きだしにした兄弟の乱闘に怯《おび》え、誰も仲裁しようとはしなかった。あまりの剣幕に呆然《ぼうぜん》としている。

「お前は焼け死ねーっ」

兄が弟に亜麻仁オイルを撒《ま》き散《ち》らし、ダンヒルのライターを取りだした。血を分けた弟を焼き殺すつもりだ。

「きゃーっ、やめてーっ」

ヒステリックな悲鳴の中、入院患者が蜘蛛《くも》の子を散らすように逃げていく。女性スタッフも避難したが、氷川は逃げたりはしない。

ヤクザ同士の命のやりとりに比べたら可愛《かわい》いものだ。

今、愛《いと》しい橘高清和《きったかせいわ》が統べる眞鍋組は危険な状態だった。とうとう、銃弾が飛び交う抗争に突入したのかもしれない。……いや、すでに抗争中なのかもしれない。何せ、眞鍋組総本部で眞鍋組と密接な関係のあった支倉《はせくら》組長が息子とともに逝《い》った。こともあろうに、謀《はか》ったのは支倉組の若頭だ。

『姐《あね》さん、支倉組との一件、本番はこれからです』

魔女と怯えられる参謀の秀麗な美貌《びぼう》に落ちる影がいつになく暗い。周りにいた眞鍋組構成員たちの緊張感も尋常ではなかった。

『……祐《たすく》くん、本番？　本番って？』

『ありていにいえば、長江《ながえ》組との本番がこれからです』

『……長江組と抗争するの？　避けられないの？』

氷川の質問は風か何かのように無視されてしまった。

『眞鍋の男は命に代えても姐さんをお守りします……が、お守りするため、姐さんにはお願いしたいことがあります』

『ちゃんと言ってほしい』

『姐さんが仕事を退職して眞鍋の保護下に入るか、何事もなかったかのように仕事を続けていっさい眞鍋組に関《かか》わらないか、姐さんが取るべき道はどちらかふたつにひとつです』

祐に二者択一を迫られ、氷川は迷うことなく仕事の続行を選んだ。命より大切な男と離れたくなかったけれども。

それなのに、眞鍋組が支配する不夜城ではなく、平和なはずの明和病院で大乱闘に遭遇してしまった。人生の皮肉を痛感せずにはいられない。

兄も弟も興奮しているから危ないが、もう悠長に構えてはいられない。氷川はきつい目で言い放った。

「警察に連絡を……」

氷川の言葉を遮るように、担当患者である母親が扇子を振り回しながら叫んだ。

「氷川先生、単なる兄弟喧嘩《げんか》ですわ。兄弟喧嘩で警察に通報なんて、やめてくださいねーっ」

内科部長から押しつけられたやっかいな患者だから、氷川は前々から自身の言動に注意していた。刺激してはいけないとわかっているが、ここで甘い顔は見せられない。

「これは単なる兄弟喧嘩ではありません」

　氷川が毅然《きぜん》とした態度で撥《は》ねのけると、母親はさらに激しく扇子を振り回した。

「単なる兄弟喧嘩ですの。昭一《しょういち》が悪いのよ。昭一が詫《わ》びればそれで終わりますの。まったく昭一は長男のくせに何をやっているのでしょう。あの子は昔から私どもを困らせてばかりいましたのよ。みっともないわ」

　母親の言葉に氷川や看護師たちは呆《あき》れたが、長男は点火したライターを手に凄《すご》んだ。

「オフクロ、いい加減にしてくれ」

　母親は長男の点火したライターを見ても慌てない。なんというのだろう、息子ではなく下僕か奴隷を見ているような雰囲気がある。

「母親に向かってなんていう口のきき方をするの。昭二《しょうじ》は母親にそんな物言いはしないわよ。だから、あなたは駄目なのよ。私の言うことを聞いていればいいの。早く、昭二に謝りなさいな」

「だから、さっさとうちから出ていけ。前から言っているだろっ」

「昭一、長男のくせに情けない。そんなのだから、私は昭一をおいていけないのよ」

　は～っ、と母親はこれ見よがしに大きな溜《た》め息《いき》をついた。何も知らない者が見れば、出来の悪い長男に悩む母親の姿だ。

「もうオフクロの世話はたくさんだ。僕が必死になって働いた金を湯水のように使っているのはオフクロだぜ。僕の貯金を勝手に下ろして、使い果たしたのは犯罪だ。警察を呼んでくれ」

長男から長年の蓄積された鬱憤《うっぷん》が次から次へと噴きだす。彼だけ見ていれば、毒親に悩まされる息子だ。つい先ほど、氷川はナースステーションで小耳に挟んだが、病棟の看護師たちも一様に長男に同情していた。長男の財布から抜き取った金を弟に与える母親を垣《かい》間見《まみ》て、嫌悪感を抱いたスタッフは少なくはない。今までにも幾度となく母親と長男の言い争いを看護師が止めたという。

「長男でしょう。長男なら母親にお金のことで文句を言うんじゃありません。……ああ、情けない。再教育が必要ね」

パンッ、と母親は威嚇するように扇子で白い壁を叩《たた》いた。おそらく、長男が点火したライターを握っていなければ、扇子で頭を叩いていたに違いない。亜麻仁オイルを被《かぶ》らされた弟は、いつの間にか母親の後ろに隠れていた。

「僕が死に物狂いで貯《た》めた金を昭二に渡しているのはバレているんだ。このまま昭二のところに行け。二度と僕のところに来るな」

「昭一、長男がそんなことを言ってはいけません。あなたは長男なのよ。長男には長男の役目があるの。そこに直りなさいっ」

長男の世話になっていながら、なんの感謝もせず、次男や三男を可愛がる母親の話はよく聞く。長男の金を勝手に使う母親の話も多かった。

このままだと長男の怒りが爆発する。

被害者が加害者になってはいけない、と氷川は意を決して、落ち着いた声で口を挟んだ。

「そこに直るのはお母様、あなたです」

すかさず、駆けつけたばかりの看護師長も大声で言い放った。

「そうです。この手の騒動は何度目ですか。この騒動の原因はお母さん、あなたです。まず、あなたの根性を叩き直さなければならないようです」

担当医と看護師長の言葉に、母親はわなわなと頬《ほお》を引《ひ》き攣《つ》らせた。

「……な、なんて無礼な医者と看護師だこと。親子の問題に、口を挟むんじゃないわよっ」

ぶんっ、と母親は氷川の頭上めがけて扇子を振り下ろした。

しかし、氷川は難なく避《よ》けることができた。歴戦の極道が振り回す日本刀とは比べるまでもない。

「ここは病院です。それも入院病棟です。ほかの患者さんに迷惑です」

「だから、昭一が悪いのです。昭一がやってきて、暴れて、こちらも迷惑ですの。昭一に謝らせてください。それですみますわ」

「今すぐ退院していただきます」

「……氷川先生？　医療ミスという大罪を犯しますの？　まだまだ私には入院が必要でしょう」

「患者さんご本人とご家族たっての希望で入院日数を決めましたが、それだけお元気ならば大丈夫です。即刻、退院していただきます」

退院手続きを、と氷川は傍らに控えていたベテラン看護師に指示を出した。これで退院手続きは進む。

たとえ、わがままな患者がどんなにごねても退院は拒めない。

氷川は胸糞《むなくそ》悪くてたまらないが、担当医としてするべきことをしただけだ。幸いにも、内科部長や院長はすぐに納得した。

「氷川先生、適切な判断です。クレームが入ってもこちらで処理する。安心したまえ」

院長の頼もしい言葉に、氷川はほっと胸を撫《な》で下《お》ろす。感謝と尊敬を込め、深々と一礼した。

「院長先生、ありがとうございます」

「最近、こういった騒動が一段と増えたような気がする」

院長は眉間《みけん》の皺《しわ》をさらに深くし、現代の家庭事情に触れた。

「……はい。看護師長も参っていました。病室では人生相談とお説教と説得の日々だそうです」

「今朝、私も亡くなったばかりの患者の前で息子たちの取っ組み合いの喧嘩を止めたばかりだ。その患者は同居して世話になっていた次男からは取るばかりで、長男や娘に資産を流していた」

世知辛《せちがら》い昨今、血が繋《つな》がった家族間の争いは増す一方だ。骨肉の争いほど、悲惨なものはない。明和病院の患者は外来も入院も付近に広がる高級住宅街の住人だ。特権を駆使し、優雅な時間を極めているように見えても、内部では凄絶《せいぜつ》な闇《やみ》を抱えているケースが少なくない。父親が亡くなった途端、病室で子供たちが財産争いを始めた話は掃いて捨てるほど転がっている。

裕福な患者が多い病院だけでなく、経済的に苦しい患者が多い病院でも、矯激《きょうげき》な騒動が頻繁に勃発《ぼっぱつ》しているという。

人にいろいろな意味で余裕がなくなった。

人に人としての心が消えた。

さまざまな理由が取り沙汰《とざた》されているが、一般社会の闇は極道社会にも通じている。

極道が仁義を捨て、我欲にまみれるようになった。

時代が急激に変化し、権力が金で計られるようになり、否応《いやおう》なく仁義が捨てられてしまったのかもしれない。

医局でも氷川の心に巣くう闇を見透かしたような話題が交わされた。

「恵まれているはずのセレブがこれだから、ヤクザがどんな下劣な抗争をしてもおかしくないな」

若手外科医の深津《ふかつ》がスポーツ新聞を眺めながら言うと、女好き筆頭の外科部長も同意するように相槌《あいづち》を打った。

「セレブ一族の内輪揉《うちわも》めは陰険だが、ヤクザの内輪揉めは残虐だ。……歌舞伎町《かぶきちょう》の吉永《よしなが》小百合《さゆり》が心配だよ」

外科部長が口にした『歌舞伎町の吉永小百合』とは、眞鍋組資本で経営されているクラブ・ドームのママのことだ。氷川も知っているが、国民的大女優によく似た美女である。

「……ああ、外科部長はクラブ・ドームのママにご執心でしたよね。あのクラブのバックは眞鍋組とかいうヤクザだからヤバい」

深津の口からサラリと眞鍋組が飛びだし、氷川は内心では慌てるが態度には出さない。医局秘書から笑顔で医療機器メーカーの差し入れだというタピオカ入りのミルクティーを受け取り、素知らぬ顔で医師たちの噂話《うわさばなし》に耳を傾けた。

「先輩にも釘《くぎ》を刺されたよ。どうせ、ドームのママは眞鍋組の誰かの情婦だから諦《あきら》めろ、ってね……こんなことならアフター攻撃に励めばよかったかな」

「こんなことなら、って眞鍋組は解散したわけじゃない」

「いや～っ、関東の大親分を暗殺しようとするなんて、眞鍋組は終わりじゃないのかい？

この竜仁会《りゅうじん》の会長って関東の大ボスの中の大ボスなんだろう？」

外科部長の言葉に氷川は驚愕《きょうがく》したが、辛《かろ》うじて顔には出さずにすんだ。鼓動が速くなる心臓を押さえ、深津が手にしているスポーツ新聞を横目で見る。どうやら、ヤクザ関連の記事が派手に書き立てられているらしい。

「……ああ、結局、その竜仁会の会長は無事だったんですよね」

「……桐嶋《きりしま》組の組長が庇《かば》って助かったらしい。竜仁会の会長にヒットマンを送り込んだのが眞鍋組だったから、血みどろの抗争が始まるらしいぞ」

外科部長と深津の会話に、眼科部長も興味津々といった様子で口を挟んだ。

「……ああ、その現代版の関東ヤクザ大戦争の記事は私も読みました。眞鍋組の組長が若くて、古くさい竜仁会会長と合わなくなったらしいとか？　新旧交代ですかな？」

「ネット記事で眞鍋の二代目の写真を見たが、ヤクザというよりどこかの俳優みたいな男前だった……迫力がありすぎだけどな」

耳鼻咽喉科《じびいんこうか》の医長や心臓外科医も興味があるらしく、したり顔で血腥《ちなまぐさ》い暴力団の話題に参加した。

「……ああ、私も見ました。眞鍋組の二代目組長と桐嶋組の初代組長の写真を見て、女性看護師たちがはしゃいでいましたからな。ヤクザにときめくなど、まったくもってけしからん」

「ワルにはワルの魅力があるらしい。ヤクザは金を持っているからモテる。眞鍋組や桐嶋組の組長なら金を持っているからモテるだろう。どんな美女も食い放題だ」

「……けど、この関東の大親分を暗殺しようとしたのがバレたから眞鍋組は終わりでしょう。眞鍋の二代目組長の入れ食い状態も終わりだ」

「そうだな。こっちにも『仁義を欠いた眞鍋組』とかいうニュースが流れている。眞鍋組は昔から世話になっていた支倉組の組長や若頭を殺したらしい。……あ、若頭や一派は生きたまま硫酸に浸《つ》けたらしいぞ」

支倉組の名まで飛びだし、氷川の心臓の鼓動はますます速くなった。それでも、顔色は変えない。

「人気ブロガーも支倉組長を暗殺した眞鍋組を罵っている。この分なら、当分の間、眞鍋組のシマには近寄らないほうがいいです。きっと歌舞伎町は戦場です」

少しでも暇があればスマートフォンを操作している若手泌尿器科医が緊張気味に語ると、家族に警視庁幹部を持つ若い脳外科医もコクリと頷《うなず》いた。

「そうですね。最近、歌舞伎町では発砲事件やら殺傷事件やらが連続しているが、犯人はひとりも挙がっていないそうです。警察も厳戒態勢を敷いていないらしい。どうなっているんだ？」

「警察に手を回しているんでしょう。嘆かわしい」

「暴対法で抗争状態と指定された暴力団は制約を受けるんだよな。組員が五人以上集まるだけでも処罰だったか？　抗争だって指定されないように抗争するのかもしれん」

医師たちはスポーツ新聞やネットニュース、ＳＮＳなどを見ながら、不夜城について語り合っている。

氷川の心臓は今にも破裂しそうだ。

いったいどういうこと？

眞鍋組のことにはいっさい関わるな、って釘を刺されたけれど、これはいくらなんでも無視できない。

何がどうなっている？

清和くんがどんな美女も食べ放題……はこの際、どうでもいい。

眞鍋組は仁義を欠いていない。

竜仁会の会長を狙撃《そげき》したのは長江組だって聞いた、と氷川はさりげなくその場にあった下世話な新聞を手に取った。信憑性《しんぴょうせい》が低いと定評になっている新聞で、第一面の記事は関東の暴力団による抗争事件だ。長江組の名はいっさい記されていない。

先日、クラブ・ドームの前で竜仁会の会長が狙撃されたが、傍らにいた桐嶋組の初代組長である桐嶋元紀《もとき》が庇った。その時、眞鍋組の二代目組長こと橘高清和の影武者も狙撃され、死亡している。

その事件は氷川も知っていた。

何しろ、その現場を見たのだ。

眞鍋組総本部に乗り込めば、竜仁会の大幹部や支倉組の若頭が二代目組長亡き後について話し合っていた。

眞鍋の昇り龍は亡くなっていなかったというのに。

祐による支倉組の獅子身中《しししんちゅう》の虫を炙《あぶ》りだすシナリオに従って眞鍋組は行動していた。

結果、若頭の悪行を白日の下に晒《さら》した。

だが、支倉組の組長と息子の寒野禮《かんのれい》を死なせてしまった。シナリオを書いた祐自身、想定外だったという。

『支倉組長も一緒に避難して、支倉組内の獅子身中の虫を処罰するシナリオを書いていました。まさか、寒野を抱き締めるとは予想していなかった』

支倉組長は清和の養父である橋高正宗《まさむね》の兄貴分だ。今までに幾度となく支倉組長に橋高は助けられたし、清和も可愛がられていたと聞く。

支倉組長を失って眞鍋組の男たちは悲憤の鉄槌《てっつい》を下した。橋高が親殺しという大罪を犯した若頭を成敗したという。

なのに、どうしてすべての悪行が眞鍋組のせいになっているのか。

眞鍋組は昔気質《むかしかたぎ》の橋高がいるから、仁義を重んじる極道として一目置かれていた。清和が覚醒剤《かくせいざい》の売買を御法度《ごはっと》にしたし、剣道で高名な高徳護国《たかとくごこく》流宗主の次男が幹部として所属しているから警察も認めていると聞いたのだ。けれども、これでは眞鍋組の名は地に落ちたに等しい。

祐くんは何をしている？

祐くんの情報操作？

それとも、支倉組の若頭のバックについていたっていう長江組の情報操作？

清和くん、無事でいて、と氷川は心の中で愛しい男の無事を祈ることしかできなかった。甘いはずのタピオカ入りのミルクティーが苦く感じるのは気のせいではない。

もっとも、職場で白衣を身につけていたらのんびりしていられない。担当患者の容態が急変し、病棟から呼びだされた。

そのまま何事もなかったかのように当直をこなす。依然として、スポーツ新聞やネットニュースでは関東ヤクザの抗争が取り沙汰されているらしい。相関図も掲載されているようだが、氷川はあえて目を通さず、救急車で搬送される患者に集中した。人の命を預かる医師として、すべきことをするだけだ。

2

病院内に併設されている食堂のテレビでは、不夜城で起こった発砲事件や暴力事件のニュースが流れている。暴力団が関係しているとして捜査している、というコメントをアナウンサーはどの事件にも添えた。ただ、眞鍋《まなべ》組や長江《ながえ》組の名は出なかった。

しかし、相変わらず、スポーツ新聞やネットでは残忍な眞鍋組のニュースが飛び交っている。噂《うわさ》に尾鰭《おひれ》がついたのかもしれないが、昨今、巷《ちまた》を騒がせている外国人グループによる強盗や麻薬密売の黒幕も眞鍋組だ。さらにネットニュースを読み込めば、ここ最近の暴《ぼう》戻《れい》な犯罪すべての元締が眞鍋組だった。

清和《せいわ》くんがマフィアのボス？

悪の帝国の帝王みたいだ、と氷川《ひかわ》は暴虐の限りを尽くしているらしい十歳年下の亭主を思って痛嘆する。

信憑性《しんぴょうせい》が高くない記事であってもやはり辛《つら》い。

結局、男はヤクザが好きなのか、戦いが好きなのか、老いも若きも男ならば、医師も看護師も警備員も臨床検査技師も事務員も製薬会社の営業も医療機器メーカーの営業も患者も、こぞって関東一円を敵に回した眞鍋組について語り合っていた。

「この眞鍋組の組長がワルだ。養父の兄貴分を始末する前は自分に逆らう古参の幹部を始末していたらしいぞ。ひどいな」

　常連の老患者が眞鍋組の若い組長に対する嫌悪感を発散させると、白髪頭の老患者も同意するように白い髭《ひげ》を撫《な》でた。

「……ああ、眞鍋組の若い組長が極悪非道の鬼畜らしい。外国人を密入国させて、強盗させたり、臓器売買をさせたり、人身売買させたり、覚醒剤《かくせいざい》の密売をさせたり、寄付金詐欺をさせたり、オレオレ詐欺をさせたり、海外旅行詐欺や海外投資詐欺をさせているらしい。犯罪の総合商社だ」

「一流企業の女社長が若い頃の弱みを握られ、脅されて、眞鍋組の若い組長の言いなりらしい……このXっていう女社長はどこの女社長なんだ？　今回の大戦争の資金も女社長から搾り取ったらしいのぅ」

「いくら、眞鍋組の組長が狡賢《ずるがしこ》い外道でも、竜仁《りゅうじん》会の会長が大号令をかけたから終わりだ。対眞鍋組戦の急先鋒《きゅうせんぽう》は浜松《はままつ》組らしいな」

　悪の帝王と化した清和の噂話が苦しいが、氷川は決して口は挟まないし、動じたりもしなかった。

　不夜城は騒がしいようだが、明和《めいわ》病院はさして普段と変わらない。当直明けの日常業務をそつなくこなし、氷川はロッカールームで白衣を脱いだ。連絡を入れてから待ち合わせ場所に行けば、草木に覆われた空き地に送迎用のメルセデス・ベンツが停《と》まっている。卓《すぐる》や吾郎《ごろう》といった清和の舎弟から、諜報部隊《ちょうほうぶたい》に所属しているイワシも並んでいた。

「姐《あね》さん、お疲れ様です」

氷川は挨拶《あいさつ》も返さず、頭脳派幹部候補の卓に尋ねた。

「卓くん、眞鍋組が竜仁会会長や支倉《はせくら》組長を殺したニュースが流れている。いったいどういうこと？」

「姐さん、眞鍋組にいっさい関《かか》わらないでください。記憶力は抜群だったのに、祐《たすく》さんとの約束を忘れましたか？」

卓に苦笑混じりに注意されたが、氷川は大きく首を振った。

「忘れていないけれど、あれはひどすぎる。男性スタッフも男性の患者さんも悪の帝国・眞鍋組の噂話をしていた。娘さんのドナーを探している常連患者が眞鍋組総本部に頼み込む、って思い詰めている」

なんとしてでも娘を助けたい親は、眞鍋組の臓器売買の噂が天恵に思えたらしい。担当医と一緒に氷川は慌てた。

「まず、乗ってください」

卓に苦悩の色が濃い顔で促され、氷川は広々とした後部座席に乗り込んだ。続いて、卓が氷川の隣に腰を下ろし、イワシが助手席に座る。吾郎は運転席でシートベルトを締めると、周囲を確かめてから緊張気味に言った。

「出します」

吾郎がハンドルを握るメルセデス・ベンツは発車し、あっという間に待ち合わせ場所となった空き地を後にする。バックミラーに映っているベントレーは不審車ではなく氷川の護衛の眞鍋組関係者が乗車しているし、擦れ違ったアストンマーティンに乗っていたのは諜報部隊のメンバーだ。氷川の目でも確認できる護衛が多い。

「卓くん、清和くんが犯罪組織の帝王だ。どういうこと？」

氷川が掠《かす》れた声で改めて尋ねると、卓は溜《た》め息《いき》混じりに答えた。

「魔女が予想した通りの展開になりました」

「祐くんのシナリオ？」

祐くんのシナリオで眞鍋組が悪者になっているの、と氷川は黒目がちな目をゆらゆらと揺らした。わざわざ眞鍋組の評判を落とす理由が見つからない。

「……それが、魔女はこの事態を予想して手を打とうとしたんですが、人材不足で手が回らず、長江組に情報操作で負けたようです」

氷川は不夜城を震撼《しんかん》させる魔女の敗北に仰天した。

「……え？　祐くんは長江組に情報操作で負けたの？」

「正しくは、諜報部隊が長江組の極秘戦闘部隊に負けました」

卓が諜報部隊の失態を口にした途端、助手席のイワシから詫《わ》びが漏れた。吾郎は慰めるが、卓の表情は険しい。

「……長江組の極秘戦闘部隊、って偵察や諜報もする暗殺部隊だったよね？」

組長代行として眞鍋組総本部のデータを閲覧した時、長江組という巨大な最強組織の屋台骨を支える最強集団に目が留まった。過去の華々しい戦歴には、未解決事件も多く含まれていたのだ。

『絶対に戦いたくない』

サメの本心丸出しのコメントが太文字でインプットされていた。

「はい。長江で一番手強《てごわ》い部隊です」

「サメくんは何をしているの？　また蕎麦《そば》の食べ歩き？」

氷川の眼底に諜報部隊を率いるトップが過《よぎ》った。当時、ほんの駆けだしだった清和を沖天の勢いで不夜城の覇者に祭り上げたのは、サメが率いる諜報部隊の暗躍があったからだという。凄腕《すごうで》が抜けた穴が大きく、未《いま》だに体制を立て直せないと聞いていた。何より、トップの無駄な逃亡も多いと小耳に挟んでいる。

「サメはたこ焼きの食べ歩きに出たようです」

いつしか、諜報部隊のトップに対する敬称が消えていた。もっとも、コードネームだからそういうものかもしれないが。

「たこ焼きなら桐嶋《きりしま》さんのたこ焼きを食べればいいでしょう」

「……その、魔女が情報操作に乗りだしたから、眞鍋の黒幕説はそろそろ消えると思います」

卓の表情から察するに、祐も長江組の情報操作網には戸惑ったようだ。それでも、白旗を掲げてはいない。

「祐くんならメディア関係者を脅迫するの？　ひどいことはしないでほしい」

氷川が白皙《はくせき》の美貌《びぼう》を曇らせると、卓は苦笑を漏らした。

「企業秘密です……が、少しだけ零《こぼ》します。俺の独り言だと思ってください。魔女はメディアを金で押さえ込む予定です。ライターを何人も金で雇って、ＳＮＳも操作するらしい」

「……ああ、祐くんはそういう手を使うのか」

「俺としては魔女の体力がいつまで保《も》つのか、それが唯一の心配です」

卓の懸念は眞鍋組構成員全員の懸念だ。氷川もスマートな策士の体力のなさはよく知っている。

「そうだね。祐くんのことだから今日にも倒れるかもしれない……ううん、昨日、倒れていてもおかしくない」

医者は見た目よりずっと激務であり、心身ともに強くなければ務まらない。氷川は身体的には祐よりタフな自信があった。

「姐さんにはご心配をかけると思いますが、二代目は俺たちがお守りします。安心して待っていてください」

「清和くんだけじゃなくて、みんな、無事でいてください。誰も僕の目の前から消えてはいけません」

卓にしろ吾郎にしろイワシにしろ、清和の舎弟たちは、氷川にとってかけがえのない存在だ。誰ひとりとして欠けてほしくない。

「わかっています。俺は二代目が姐さんの介護をする姿が見たい」

卓に意味深な声で言われ、氷川は瞬きを繰り返した。

「……え？　介護？」

「はい。介護です」

あの時、闘志を漲《みなぎ》らせた清和を引き留めるため、氷川は介護の練習という禁じ手ならぬ荒技を使った。十歳年下の亭主は意外にも素直に衣類を着せてくれたものだ。

「……ま、まさか、監視カメラで見ていた？」

氷川が首まで真っ赤にすると、卓は手を大きく振った。二代目組長夫妻の情事が監視されることはない、と雄弁に語っている。

「二代目が真剣な顔で介護についてリキさんに聞いていました。リキさんに介護の知識が

介護保
老後

あるとは思えないのに」

卓が楽しそうに明かすと、助手席や運転席から失笑が漏れた。現代社会を揺るがしている介護問題は眞鍋組も揺るがしたらしい。

「うん、清和くんは人選を間違えている」

どうしてよりによってリキくん、と氷川は愛《いと》しい男の明らかな人選ミスに呆《あき》れた。妄想力をフルパワーで働かせても、リキが介護について答えられるとは思わない。

「リキさんはそばにいた安部《あべ》のおやっさんに話をフりました」

修行僧が無骨な武闘派に話を回したシーンが、氷川には手に取るようにわかる。ただ、こちらも人選ミスだ。

「安部さん？　どうして、安部さん？　リキくんより介護に年齢は近い……ん、まだそんな歳《とし》じゃないけれど……」

「安部さんは目を白黒させて、そばにいた俺に押しつけました」

俺のほかに信司《しんじ》やショウもいたんだけどな、と卓は独り言のように続けた。摩訶不思議《まかふしぎ》の冠《かぶ》を被る宇宙人や単純単細胞アメーバの異名を取る韋駄天《いだてん》ならば、介護がたこ焼きや凧《たこ》揚《あ》げに変化してもおかしくない。舎弟頭はきちんと人を選んだようだ。

「……うん、卓くんならまだ介護の話題で会話できるだろうね」

「お褒めの言葉だと思っておきます」

「そうだよ。褒めたんだ」

「姐さん、二代目は姐さんの介護を引き受けます。そう思って今回の戦争を乗り切ってください」

旧家の子息が言外に匂《にお》わせていることは確かめなくてもわかる。組織力や資金力など、すべての面において国内最大規模と目されている長江組と眞鍋組では比べようもない。初戦の情報戦でも遅れを取っている。

だが、声高に勝利宣言をした。

「卓くん、今までとは一風変わった宥《なだ》め方だね」

「気に入りませんか？」

「……う～ん、僕は要介護になりたくないから微妙だけど、何かあったら清和くんに介護してもらわなきゃならない。清和くんひとりにできると思わないから、卓くんにも僕の介護をお願いすると思う」

僕の介護があるんだから無茶をしないでほしい、という氷川の切実な願いはきちんと届いていた。

「はい、俺も姐さんが要介護になったら介護を手伝うつもりです。任せてください」

「うん、卓くんにもお世話になる。吾郎くんやイワシくんにもお世話になると思う。怪我《けが》をしちゃ駄目だよ」

介護や老後について話し合っていると、ギラギラしたネオンが眩《まぶ》しい桐嶋組のシマに入った。不夜城より比較的若い客層をターゲットにした歓楽街だ。東南アジア人だろうか、南米系だろうか、アフリカ系だろうか、外国人がやたらと目立つ。一見、日本人に見えてもどこか違う東洋人が多かったが、たぶん韓国人《かんこくじん》や中国人だろう。

「……え？　桐嶋さんが資金を出しているお店？　あれ？　周りの店が変わった？」

桐嶋が関西魂を込めてオープンさせたお好み焼き屋が、インド料理屋とタイ料理屋と中華料理屋が林立する通りで異彩を放っている。なんというのだろう、これだけ異国の店が軒を連ねると、お好み焼き屋が異質に思えた。

「はい、桐嶋組長の店です。今日は桐嶋組のシマから眞鍋のシマに戻ります」

眞鍋組は二代目姐の送迎には細心の注意を払っている。毎日、往復コースは変えていたが、桐嶋組が牛耳る街を通過することは滅多にない。

「……韓国料理にインドネシア料理にブラジル料理にメキシコ料理にトルコ料理に……ちょっと見ないうちに変わったよね？」

眞鍋組が統べる街も異国人が多くなったが、桐嶋組はさらに目につく。屋台も以前は並んでいた焼き鳥やおでんはなく、ドネルサンドやホットク、タピオカなど、外国人が切り盛りする屋台が多い。

「……はい。日本とは思えないでしょう」

賑《にぎ》やかな大通りを右折すればインドの街だ。インド国旗が靡《なび》くインド料理屋が並んでいるが、南インド料理やら北インド料理やらインド宮廷料理やらインドエステやらインド雑貨店やら、看板をざっと見るだけでも種類が多い。サリーを身につけている凄艶《せいえん》な女性が目を引く。

「……うん、インド人が多くなった？　……あのインドカレー専門店の前の団体もインド人？」

氷川の視界にはインドカレー専門店の前で話し込む外国人の団体が飛び込んできた。若いサラリーマン二人組が通りかかると、さりげなく外国人の団体が取り囲む。若いサラリーマンの態度から察するに、外国人の団体はキャッチらしい。

「……あ、あの団体はバングラデシュ人です。あのキャッチは曲者《くせもの》です。ついていったら地獄ですよ」

たとえ法律で取り締まられるようになっても、あの手この手で客から莫大《ばくだい》な金を巻き上げる輩《やから》は後を絶たない。

「……え？　キャッチは違法だよね？」

「奴《やつ》らは法律なんて最初から守る気はありません。バングラデシュ系はチャイニーズやコリアンのように、シマを奪おうとはしませんが、違った意味でタチが悪い。いつの間にか、一大勢力になりました」

韓国系マフィアや中国大陸系マフィアや台湾系マフィアやアフリカ系マフィアやタイ・マフィアやロシアン・マフィアなど、世界各国の闇《やみ》組織が東京に進出しているが、海外組織の隆盛の入れ替わりも激しい。

「……バングラデシュの一大勢力？　今までそんなに強くなかったよね？」

「眞鍋のシマでもバングラデシュの団体には手を焼いています」

バングラデシュは水面下で静かにゆっくり勢力を伸ばしたと、卓の口ぶりからなんとなく氷川は読み取る。

「バングラデシュとも戦争？」

「バングラデシュ人は殺人も大量殺戮《さつりく》も請け負いますが、戦争という概念はありません。ただひたすらに日本で暴利を貪《むさぼ》るだけです」

「違った意味で怖い？」

「姐さんが気にすることではありません。ただ姐さんはお優しいので心配しました。バングラデシュ人に限らず、道端で外国人が血を流して苦しんでいても助けようとしないでください」

折しも、ピンクネオンが点灯する風俗店の前では外国人が倒れている。それなのに、行き交う人々は誰も助けようとはしない。

「……そ、そんな……」

氷川が停車の指示を出す間もなかった。吾郎がハンドルを握る黒塗りのメルセデス・ベンツは欲望が渦巻く街中を通り抜ける。

「すべてがそうではありませんが、正規のルートを通らずに密入国した外国人が多い。長江組には凄腕揃《ぞろ》いの極秘戦闘部隊がいるのに、ここ最近、密航者も使うようになりました」

先ほど道端で倒れていた外国人が長江組のヒットマンだったかもしれない。卓は厳粛な顔で匂わせている。

「……え？」

「密入国者の犯罪にはサツも参っているようです」

「密入国者の犯罪は前に聞いたことがある」

「はい。リキさんが高徳護国流《たかとくごこく》の門人と裏で取り引きし、眞鍋で密入国者の犯罪グループを制圧しました」

以前、密入国者の犯罪に業を煮やした警察官が眞鍋組のリキと取り引きした。なんでも、警察官は高徳護国流で剣道を学んだ剣士であり、かつて鬼神という名をほしいままにした宗主の次男坊を頼ったらしい。

「……桐嶋さんは何をしている……じゃなくて、桐嶋さんの容態はどう？」

桐嶋は竜仁会の会長を庇《かば》って被弾した。命に別状はなかったと聞くが、氷川は自身の目で確かめてはいない。

「桐嶋組長は竜仁会の会長の命令を無視して、病院から逃亡しました。パンツ一枚でシマを走り回るぐらいお元気です」

「桐嶋さん、絶対安静でしょう？」

「あの桐嶋組長がおとなしく病室で寝ていると思いますか？」

「藤堂《とうどう》さんは何をしていた？」

桐嶋を止められるのは藤堂和真《かずま》しかいない。藤堂を止められるのが、桐嶋しかいないように。

「藤堂さんでも止められなかったそうです」

藤堂は藤堂組初代組長だった頃、清和が何度も煮え湯を呑《の》まされた宿敵だったが、今は違う。何より、清和と桐嶋はいい関係を築いていた。桐嶋が氷川の舎弟だと常に公言しているのも要因のひとつだ。

「清和くんでもおとなしく療養していたのに……ううん、清和くんもおとなしく療養していなかったの？」

はっ、と氷川はつい先日の出来事を思いだした。清和を閉じ込めていたICUの祐直筆の貼《は》り紙《がみ》には、強烈なまでの鬱憤《うっぷん》が込められていたのだ。

「はい。二代目を病室に閉じ込めておくのに俺たちは疲れました。祐さんの怒りが爆発するからさらに怖い」

　卓に呼応するかのように、運転席と助手席から重々しい空気が流れてくる。氷川には制止を振り切る愛しい男の姿が浮かんだ。

「清和くんや桐嶋さんだけじゃない……ショウくんもそうだったけれど、どうして絶対安静を無視するの？」

　以前、絶対安静にも拘《かか》わらず、鉄砲玉は病室から抜けだして強敵に挑んだ。

　氷川は理解に苦しむが、昔気質《むかしかたぎ》の極道たちは判で押したように絶賛したという。それでこそ漢《おとこ》だ、と。

「俺に聞かれても困ります」

「清和くんや桐嶋さんたちは現代医学を信じていない？」

「そういうことではないと思います」

「……あ、眞鍋第三ビルの裏？」

　横道や裏道を駆使し、故意に眞鍋組総本部がある大通りを避けたのかもしれないが、いつの間にか、車窓の向こう側に清和が所有している眞鍋第三ビルが見えた。普段より見張りに立つ眞鍋組構成員は多く、いやが上にも高まる抗争中の緊張感を嚙《か》み締《し》める。ただ、一見したところ、長江組の影は見えない。立ち入り禁止のプレートには監視カメラが設置されているような気配がある。

「万全の警備態勢を敷いています」

一目瞭然《いちもくりょうぜん》の防犯カメラと制服姿の警備員も一気に増えた。一般人のふりをして行き交う眞鍋組構成員もいる。

「そうみたいだね」

「ただ、念のため、気をつけてください。たとえ、典子《のりこ》姐さんからSOSの連絡が入っても慌てずに」

卓の感情たっぷりの注意に、氷川は目を瞠《みは》った。清和の養母から連絡があれば、何も疑わずに飛びだしてしまうかもしれない。

「嘘《うそ》の知らせが入るかもしれない？」

「ない、と断言できません」

氷川を乗せた車は吸い込まれるように地下の駐車場に進んだ。ショールームのように外国製の高級車が並ぶ駐車場では、祐をはじめとする眞鍋組構成員たちが二代目姐を最大限の礼儀で迎える。

「姐さん、お疲れ様でした」

祐に恭しい態度で後部座席のドアを開けられ、氷川は妙な気分で降りた。

「祐くん、ありがとう……けど、何かあった？」

「どうされました？」

「なぜ、祐くんがここにいる？」

　本来、参謀は長江組対策に奔走しているはずだ。わざわざ二代目姐の出迎えに並ぶ余裕はない。

「命を捧《ささ》げた姐さんのお迎えに上がっただけです」

　祐はシニカルに口元を緩めると、改めてその場で一礼した。眞鍋組で最も汚いシナリオを書く策士とは思えない姿だ。

「今、祐くんはとても忙しいのでしょう。どうしてわざわざ僕を出迎えるの？」

　何か裏がある、と氷川は端麗な参謀をまじまじと眺めた。背後にズラリと並んだ眞鍋組構成員たちも調べるように見つめる。

　ピリリリッ、とした緊張感が地下の駐車場に走った。送迎車から降りた卓と吾郎、イワシの顔色は青い。

「姐さん、深読みしないでください」

「祐くんには駐車場に降りて、車のドアを開ける体力はないはず」

「姐さんの俺に対する評価はいずれ、正させていただきます」

　祐に苦笑混じりに促され、氷川はエレベーターに乗り込んだ。卓や吾郎、イワシも真剣な顔で後から続く。

　エレベーターはノンストップで最上階に到着した。

チン、という音を立てて、エレベーターのドアが開く。氷川はなんとも形容しがたい郷愁に誘われた。

「……あ、この部屋は久しぶり……懐かしい……」

眞鍋第三ビルの最上階は清和のプライベートフロアであり、長い間、氷川は戻ることができなかった。支倉組長の愛娘《まなむすめ》である涼子《りょうこ》が祐の援助を受けて陣取っていたからだ。異母兄を止めるためだと知ったのは、ほんのつい最近のことである。すでに涼子はプライベートフロアから退出していた。

「姐さん、懐かしいですか？」

祐に不思議そうに尋ねられ、氷川は大きく頷《うなず》いた。

「そりゃそうだよ。清和くんと再会して、初めて暮らした部屋だ」

当時、清和のプライベートルームにはなんの生活感もなかった。フローリングの床にあったものは、電話と大きなベッドぐらいだったのだ。

そのベッドで思いがけなく十歳年下の幼馴染《おさななじ》みに初めて抱かれた。あの時の驚愕《きょうがく》は生涯、忘れられないだろう。

「涼子さんが退出した後、リフォームとハウスクリーニングに時間がかかりました」

祐による意趣返しだろうが、何度も脳内に花畑が広がっているような信司にプライベートルームの模様替えを担当させる。結果、常に氷川が困惑するプライベートルームが用意された。

「まさか、また信司くんによる模様替え？」

「毎日サービスです」

　毎日サービスとは祐の大学時代の先輩が営んでいる便利屋だ。日枝夏目《ひえなつめ》と香取浩太郎《かとりこうたろう》はどちらも、真面目《まじめ》で気持ちのいい青年だった。諦《あきら》めていた出生の秘密を解き明かしてくれたきっかけだ。

「便利屋の毎日サービス？　祐くんの先輩の夏目くんの模様替え？」

「お気に召したら幸いです」

　祐はロックを解除し、重厚な玄関のドアを開けた。

「……うん、どんな部屋でも驚かない。あの夏目くんだからどんなにメルヘンなインテリアでも変なインテリアでも驚かない。クマがいてもキリンがいても狸《たぬき》がいても狐《きつね》がいてもお化けがいても驚かない。信司くんレベルの夏目くんだから驚かない……」

　夏目は純粋で真っ直《ます》ぐな好青年だが、純美な容姿を思いきり裏切る性格の持ち主だ。氷川の目には夏目と信司が同じ人種に映る。しかし、眞鍋組再生の『お母さんの台所』プロジェクトのためには必要な人材だ。長江組との抗争が終わったら、なんとしてでもプロジェクトを進めたい。

「姐さん、そのセリフを夏目先輩が聞いたら憤慨すると思います」

「どういう意味？」

「夏目先輩にとって、姐さんと信司は同じ星の住人らしい」

「僕が信司くんと同じ星の住人？　違うでしょう」

氷川は三和土《たたき》で靴を脱ぎながら下駄箱《げたばこ》に視線を流した。典麗な陶磁器に大輪のカサブランカが飾られている。精巧なレースの敷物《しきもの》が敷かれているが、ほかに装飾品はない。シンプルにまとめられていた。

だが、まだ安心はできない。あの夏目だからどこかで何かしているだろう。それこそ、リビングルームにブランコや滑り台があっても仰天しない。

氷川は祐に続いてフローリングの床を静かに進んだ。卓や吾郎は入ってこないが、イワシは足音を立てずについてくる。

「俺の目には、姐さんも信司も夏目先輩も同じ星の住人に見える」

「祐くん、そんな嫌みを言っている暇があるなら寝なさい」

「メディアを騒がせている案件に関し、問《と》い質《ただ》されると思っていました。実は戸惑っています」

今もなお、竜仁会会長の狙撃《そげき》も支倉組長の暗殺も眞鍋組の黒幕説が流れている。噂は噂を呼び、仁義を欠いた眞鍋組の評判は酸鼻を極めている。麻薬を御法度《ごはっと》にした清和に、麻薬王のレッテルが貼られているからひどい。

「チラリと聞いたけれど、長江組に情報操作で負けたんでしょう？」

氷川が温和な声音で言うと、祐はあっさりと認めた。

「はい。長江組に先手を打たれました」

「情報操作に祐くんが乗りだす余裕があるの？　体力がないんだから、任せられることは任せたほうがいい」

「お心遣い、痛み入ります。俺の体力をそんなに心配してくださるならば、俺の心臓も心配してください。どうか姐さんは俺の心臓《ほほえ》を止めるようなことをしないでほしい」

祐の棘《とげ》のある前置きに、氷川は軽く微笑《ほほえ》んだ。こういった枕詞《まくらことば》の後に続くセリフは決まっている。

「嫌みったらしい。いつもの祐くんだね」

「今回の戦争相手は強敵です。典子姐さんのところに避難していただこうと思いましたが、裕也《ゆうや》くんの危険が大きくなる可能性が否めない。姐さんはこのまま眞鍋の勢力内でおとなしくしていてください」

祐はいつになく真摯《しんし》な目で言い放ったが、今までの不気味な余裕が感じられない。魔女らしからぬムードだ。

「裕也くんは絶対に守って。僕より裕也くんだっ」

氷川が真っ赤な顔で力むと、祐は男の目で頷いた。

「わかっています」

極道の抗争において妻子がターゲットになることはないが、仁義が廃れた現在では定かではない。氷川は自分が狙《ねら》われるならまだしも、目の中に入れても痛くない裕也が狙われることは避けたかった。

「眞鍋の籠《かご》の鳥にはならないけれど、医師としての日々を送る……あ、明日と明後日《あさって》は久しぶりに何もない休日だ」

「典子姐さんから連絡があっても、勤務先や医局から呼びだしがあっても、ひとりで出歩かないでください」

「わかっている」

「必要なものはすべて揃えています。プライベートルームから一歩も出ないでほしい」

祐とともに広々としたリビングルームに足を踏み入れ、氷川は想定外の落ち着いたムードに目を瞠った。

「……うわ、意外だ……シックなインテリア……」

花柄やピンクや白でまとめられた姫系ではないし、森の中をイメージしたインテリアでもないし、バナナや狸がテーマになった部屋でもない。玄関口といいリビングルームといいダイニングキッチンといい、薄いグレーがかった白が基調になっていて、どこもしっとりとしたムードが漂っている。

「家具やリネンなど、すべて北欧製で揃えたそうです」

北欧製の家具は世界的に昔から評価が高い。

「夏目くん、趣味がいい」

リビングルームの奥では窓辺にサメが佇《たたず》んでいた。氷川の姿を見た途端、仰々しく一礼する。

サメくん？

たこ焼きの食べ歩きに出たっていうサメくん？

サメくんに見えるけれど、サメくんじゃない？

誰かが変装したサメくんだ、と氷川はサメに見える男に違和感を抱いた。それでもあえて指摘しない。

「夏目先輩たちは便利屋の仕事で大邸宅の掃除や草むしりもしているから、インテリアには詳しいらしい」

「意外な才能だ」

「姐さんは意外な才能を発揮しないでください」

祐の皮肉っぽい口調に、氷川は長い睫毛《まつげ》に縁取られた瞳《ひとみ》を揺らした。

「意外な才能？」

「姐さんは意外な才能をいろいろとお持ちですから」

「……サメくんに化けているのは誰？　そういうことを言うな、ってこと？」

氷川がリビングルームの奥にいる諜報部隊のトップを差すと、スマートな参謀は楽しそうに微笑んだ。

「やはりわかりますか？」

「うん、サメくんじゃない……誰だろ？」

氷川が怪訝《けげん》な顔で首を傾《かし》げると、祐が視線で合図を送った。

「……俺、サメとは長いつき合いだから自信があった。自信があったのにバレちまった。姐さん、どうしてわかるんだ？」

サメに扮《ふん》したまま降参したように両手を高く掲げたのは、諜報部隊で副官のポジションにいる銀《ぎん》ダラだった。諜報部隊のトップとは、外人部隊時代からのつき合いだという。

「……なんとなく」

氷川は諜報部隊のメンバーの変装だけでなく一流の情報屋の変装も見破る。もっとも、自分自身、理由はわからない。

「……けど、姐さんのいぶし銀に安心した。これなら誰が二代目に化けて潜り込んでも姐さんは騙《だま》されないいな？」

銀ダラに誇らしそうに見つめられ、氷川にいやな予感が走った。

「……え？　誰かが清和くんに化けて忍びこんだ？」

変装の名人が二代目組長に扮し、眞鍋組内部を操作したら、破滅は免れないだろう。凄《せい》烈《れつ》な悲劇の幕が上がったようなものだ。

「まだそういう事実はないけど、変装が得意な一族がいるんだ。長江組と組まれたらやっかいなんで、サメがビビりエスプリを発揮している」

「変装が得意な一族？」

「宋《そう》一族、九龍《クーロン》の大盗賊さ」

氷川は『九龍の大盗賊』という異名を持つ宋一族の名に覚えがある。香港《ホンコン》マフィアの楊《よう》一族の大幹部が勤務先に乗り込んできた原因だ。

「楊一族のエリザベスが言っていた宋一族？」

あの日、あの時、一筋縄ではいかない香港マフィアの大幹部は、眞鍋組が宋一族と共闘することを恐れていた。

「そのうち宋一族からも姐さんにコンタクトがあると思う。どんな形で登場するか、予想できない。気をつけてほしい」

銀ダラの言葉に同意するように、祐も軽く相槌《あいづち》を打つ。いつしか、隣に立っていたイワシも頭を下げた。

これらの態度から察するに、宋一族という闇組織も手強い相手だ。

「……まず、どんな理由があっても抗争には反対するから」

本来、長江組との抗争も止めたかった。

けれど、止めることができなかった。

今も止めたいけれども止める手段が見つからない。

「宋一族に姐さんの核弾頭エスプリを炸裂《さくれつ》させてやってくれ」

「それで銀ダラくん、サメくんはどこにいるの？」

氷川が胡乱《うろん》な目で尋ねると、銀ダラは両手を合わせてインドの挨拶のポーズを取った。

ナマステ、だ。

「ボスはたこ焼きを卒業して、インドカレーの食べ歩きに出た。パラク・パニールとチーズナンがブームらしい」

「……サメくんはインドに潜入しているの？　それとも、サボっているの？」

「しばらくの間、俺がサメのふりをする。俺をサメだと思ってほしい」

銀ダラは氷川の質問に対する返答をしなかったが、祐やイワシの顔から察するに無駄なストライキに奮闘しているわけではないようだ。おそらく、神出鬼没の男は重要な仕事をしているのだろう。……たぶん、そのはずだ。

「ショウくんや宇治《うじ》くん、吾郎くんたちは知っている？」

銀ダラが諜報部隊のトップに扮していることを眞鍋組全員が知っているのか。トップシークレットなのか。氷川には判断がつかなかった。眞鍋組の極道としての表の仕事に、諜報部隊のメンバーが堂々と関わることはないと聞いた記憶がある。例外は今までに何度もあったらしいが。

「諜報部隊のメンバーと二代目や虎《とら》、魔女や卓は知っている。ケツの青い戦闘兵に俺が銀ダラだとバラさないでほしい。普段、そうそうサメや俺たちが眞鍋の兵隊と行動することはないんだ」

どうやら、銀ダラが諜報部隊のトップに扮している件は極秘だ。それゆえ、卓は吾郎とともに玄関の前で待機しているのかもしれない。

「……わかった……わかったけど……」

「うん？　何か？」

「大丈夫？」

氷川は未だかつてない不安でいっぱいになった。眞鍋組の大黒柱である橘高《きったか》も、恩のある兄貴分をみすみす目の前で失っているから心配でならない。清和にしても渡世上の伯父を亡くし、怒り狂っていることは明らかだ。それなのに、初手の情報戦で後手に回ってしまった。苛烈《かれつ》な男の怒りが頂点に達したらどうなるのだろう。何より、先手を打つ長江組が恐ろしい。

考えれば考えるほど、氷川は暗澹《あんたん》たる思いに苛《さいな》まれる。

「姐さん、心配しないでくれ。昇り龍の悪運の強さとボスの土壇場の強さは天下一だ。来週にはみんなで祝杯を挙げようぜ」

「そうだね。サメくんにインド料理をご馳走《ちそう》してもらう」

「そりゃあ、いい。俺はバターチキンカレーにアッパムだ」

「僕はホウレンソウのカレーとゴマナン」

氷川が純白の百合《ゆり》が咲いたように微笑むと、イワシも安心したように口を挟んだ。

「俺はマトンカレーとガーリックナン、チキンマライティカ」

「……では、俺はチキンクルマとプットゥ」

祐が軽やかな声音で続けると、氷川が思ったことを銀ダラが真っ青な顔で言った。

「メデューサを凌駕《りょうが》する参謀、繊細な胃にインド料理はやめたほうがいい。タイ料理で寝込んだ胃にインド料理は無謀エスプリだぜ」

「うん、祐くん、スパイスって身体《からだ》にいいんだけど、祐くんの胃腸にはどうかな。祐くんは避けたほうがいいと思う」

氷川が祐の虚弱体質を心配すると、イワシが何を思ったのか、真顔でインド料理について語りだした。

「姐さん、日本でインド料理のカレーといえば想像するのは、ナッツやバターや強いスパイスを使った北インドカレーです。北インド料理はこってり系で美味《うま》い。南インド料理はサラっとして、食いやすいけれど物足りない。祐さんの胃でも南インド料理は大丈夫だと思いますから……あ～っ……じゃなかったら責任を追及されそうで怖い……から、意見は控えます」

「イワシくん、インド料理に詳しいんだね。知らなかった」

氷川が意外な一面に驚嘆すると、イワシは右の拳《こぶし》を固く握った。

「インド料理はチキンを食べればレベルがわかる。まず、食べるならチキンマライティカです」

「チキンマライティカ？　タンドリーチキンの一種？」

「チキン料理はタンドリーチキンだけではありません」

ひとしきりインド料理の話に花を咲かせてから、銀ダラやイワシ、祐はプライベートルームから出ていった。

今夜、清和が戻ってくると誰も断言しなかった。氷川は喉《のど》まで出かかったが、すんでのところで呑み込んだ。

今、愛しい男を取り巻く状態がどれだけ厳しいか、いやというほどわかっている。無事を信じて待つだけだ。

3

誰かがいる。

誰かの吐息が頰《ほお》にかかる。

「愛しています」

誰かが切なそうに囁《ささや》いている。

「許してください。愛しています」

苦しそうな愛の告白に、氷川《ひかわ》の胸はおかしくなる。……いや、誰かに胸を触られているとしか思えない。

「一度でいい。想《おも》いを遂げさせてください」

鋼《いと》のような身体《からだ》が覆《おお》い被《かぶ》さってくる。

愛しい男の重さだ。

いや、愛しい男の重さではない。愛しい男と同じような重みだが、愛しい男の重みではない。

ぎゅっ、と身体を強く抱き締められ、氷川は目を覚ました。

「……え？」

おかしな夢だ。

氷川は清和《せいわ》や眞鍋《まなべ》組の面々を心配するあまり、精神的に追い詰められ、変な夢を見ていると思った。

悪い夢だとしか思えなかったのだ。

自分の身体を切なそうに抱き締めていたのが、命より大切な幼馴染《おさななじ》みの右腕ともいうべき男だったから。

夢だよね、と氷川は口にしたつもりが声にならない。それどころか、指一本、動かすことができない。

「姐《あね》さん、愛しています」

眞鍋最強の男が真剣な顔で愛を告げる。ほかでもない、眞鍋組の二代目姐として遇されている内科医に。

冗談を言っている気配は毛頭ない。何より、自ら苦海に飛び込むような朴念仁は冗談を言うような男ではない。ベッドルームの天井のライトは消えているが、ベッドの傍らにあるライトは点《つ》いていた。明確に顔を判別できる。

「……リ、リキくん？」

氷川はやっとのことで、眞鍋の虎《とら》の名を呼んだ。

愛、というものを頑《かたく》なまでに避けている男とは思えない。ただ、鋭すぎる双眸《そうぼう》や高い鼻梁《びりょう》やシャープな顎《あご》のラインや賢そうな額など、顔形は氷川が知るリキだ。普段、天下無双の男として、漲《みなぎ》らせている迫力はまったくないけれども。

「初めて会った時、心を奪われた」

リキが哀愁を漂わせた時、氷川は楚々《そそ》とした美貌《びぼう》を強張《こわば》らせて断言した。

「……リキくんじゃないっ」

違う。

リキくんなら絶対にこんなことは言わない。

リキくんは僕にこんな感情は一度も持ったことがない。

冷静に聞けば声は違う。

誰かがリキくんに変装している、と氷川は体重をかけてくる身体を死に物狂いで撥《は》ねのけようとした。

けれど、鋼鉄のような身体はビクともしない。

「一度だけでいい。愛したい」

リキの顔と声で熱っぽく口説かれても、氷川はときめくどころか、強烈な違和感しか抱かない。よりによって、どうして愛や恋と無縁の石頭に化けたのか、そんな疑問さえ持ってしまう。

「……誰？」

たぶん、僕は一度も会ったことのない人だ。

眞鍋組のデータにもいなかったはず。

カチンコチンのリキくんに化けるなんていったいどこの誰、と氷川は全神経を集中させて、眞鍋の虎に扮《ふん》した不届きな男を凝視した。

「あなたにすべてを捧《ささ》げた男です」

「リキくんじゃないことはわかっている。どこの誰？」

「一度だけでいい。想いを遂げさせてください」

キスを求め、唇が近づいてきた。

キスされる。

いやだ、と氷川は瞬時に顔を背け、両手でリキの顎を押し返した。自分の唇は愛しい男のものだ。

「ルックスだけリキくんを真似《まね》ても無駄です。カチコチの石より固いリキお坊さんは、口が裂けてもそんなセリフは言いません」

祐《たすく》がシナリオを用意しても、リキに愛の言葉は無理だという確信があった。苦難の道をあえて望むような修行僧ぶりは徹底している。

「……それだけ愛しています。わかってください」

さすがというか、当然というか、リキに扮した男はなかなか尻尾《しっぽ》を出さない。氷川の脳裏に眞鍋組の交戦相手が過《よぎ》った。

「……長江《ながえ》組の誰か？」

「愛しています。姐さんのためならなんでもします」

眞鍋組構成員でもリキだと思い込んでしまう変装だ。変装が得意な一族に対する注意が氷川の耳に蘇《よみがえ》った。

「変装が得意な宋《そう》一族の誰か？」

氷川の言葉に対する返事はいっさいない。たぶん、最初から答える気はまったくないだろう。

「一度でいいから抱かせてください」

凄《すさ》まじい力で抱き締められ、氷川の全身に嫌悪感が走った。

「……や、やめーっ」

ブンッ、と氷川は固く握った拳《こぶし》を振り回した。

が、ポーカーフェイスでなんでもないことのように躱《かわ》されてしまう。まさしく、眞鍋の虎のように。

「愛しています。一度でいい」

大きな手が際どいところに伸び、氷川は真っ青な顔で声を上げた。

「……だ、誰か、来てーっ」

ベッドルームに防犯カメラは設置されていないかもしれないが、ほかの部屋にはあると踏んでいた。清和が不在だから作動しているはずだ。すぐにモニタールームに詰めている眞鍋組構成員が気づいてくれるに違いない。

「一度でも抱けたら殺されてもいい」

大きな手に煽《あお》るように弄《まさぐ》られ、氷川の生理的な嫌悪感はますますひどくなった。今にも吐きそうだ。

「僕はいやだーっ」

氷川は全精力を注ぎ、手足を動かした。

「俺を二代目だと思っていてもいい」

「君は清和くんじゃない……やっ……僕に触れるなっ」

寝間着の前のボタンを外され、なめらかな胸が晒《さら》された。氷川は愕然《がくぜん》としたが、諦《あきら》めたりはしない。

「手荒なことはしたくない。暴れないでください」

「……こ、この部屋に監視カメラがあることを知っているでしょうーっ」

「切ってきました」

「……切った？」

「自分はこの部屋の監視カメラを切ることができます」

大きな手を下肢に感じ、氷川は険しい顔つきで怒鳴った。

「……さ、触るなーっ」

「綺麗《きれい》な顔にも身体にも傷をつけたくない。暴れないでください」

「……こ、このっ」

ガブリッ、と氷川はリキに化けた男の耳に勢いよく嚙《か》みついた。なんの躊躇《ためら》いもなく、歯を立てる。

それでも、虎の皮を被った男にダメージは与えられなかったようだ。

「愛しています。あなたに嚙み殺されるなら本望です」

リキに化けた男による愛のセリフを搔《か》き消《け》すかのように。

プシュー、プシュー、プシュー、という不気味な音が響き渡った。

その瞬間、リキに扮した男の肩や腕から血が滴り落ちる。

同時に凄まじい勢いで天井から、諜報《ちょうほう》部隊所属のイワシが飛び降りてきた。まるで忍者のような身のこなしだ。

ベッドルームの明かりが点き、悪鬼の如《ごと》き形相の清和が現れた。その手には抜き身の日本刀が握られている。

「俺の女房にいい度胸だ」

不夜城の覇者は地を這《は》うような声で言うや否や、リキに扮した男に日本刀を振り下ろした。シュッ、と。

間一髪、清和の後からやってきたリキが日本刀を素手で摑《つか》む。

「二代目っ」

リキの手から血が滴り落ちるが、清和は日本刀を引いたりはしない。

「リキ、止めるな」

「冷静に」

「消す」

「この男は使える」

眞鍋の虎が凄絶《せいぜつ》な迫力を漲らせた時、リキに扮していた男は隠し持っていた拳銃《けんじゅう》を自分の口に入れた。自殺するつもりだ。

トリガーが引かれる瞬間、イワシが飛びかかる。

すんでのところで、リキに扮していた男の自殺は防いだ。

「……っ……ここに忍びこむとはたいした奴《やつ》だ。死なせるかっ」

イワシは全身でもがく男を押さえ込む。

これらは一瞬の出来事で、氷川は瞬きをする間もなかった。映画かドラマか何か、見ていたような気分だ。

「……せ、せ、せ、せ……わくん？」

名前を呼びたいが呼べない。

が、氷川が呆然《ぼうぜん》とした面持ちで声を出せば、清和は日本刀をリキに預けた。そうして、シーツの波間で硬直している氷川に駆け寄った。

「すまない」

氷川が手を伸ばせば、愛しい男は強い力で抱き締める。自尊心の高い極道の無念さが発散された。

「……せ、清和くん……びっくりした……」

「悪い」

愛しい男の広い胸に仕舞い込まれ、氷川は人心地がついた。は〜っ、と生きている証明のように息を吐く。

「リキくんじゃない、って確信があったけど……」

「……ああ」

清和の鋭敏な目には虎に対する絶大な信頼が如実に表れている。それだけに悔しいらしい。

「……ど、どうして僕にこんな……」

氷川の声に呼応するかのように、リキは鉄仮面を被ったまま、自分に扮して二代目姐に襲いかかった侵入者に日本刀を構える。殺気は漲っていないが、言葉では言い表せない怒気が漂う。気の弱い者ならば、これだけで失神するに違いない。

玄関ドアの開閉の音とともに、諜報部隊に所属しているシマアジの声が聞こえた。

「失礼します」

シマアジを先頭にサメに扮した銀《ぎん》ダラやハマチが、足音を立てずにベッドルームに入ってくる。祐と卓《すぐる》の後ろにはショウや宇治《うじ》もいるが、今にも侵入者に殴りかかりそうな顔つきだ。

「第三ビルに詰めていた奴ら、ショウや宇治たち若手から安部《あべ》のおやっさんまで、綺麗に騙《だま》したらしいな。どこの誰か知らないが、たいしたものだ」

祐がリキに扮した侵入者に語りかけたが、当然の如く返事はない。イワシが自身の腕で自殺を食い止めている真っ最中だ。

「第三ビルに詰めていたサメの部下も全員、騙されたようだ。お前、消すには惜しい」

祐がしみじみとした口調で言うと、サメに化けた銀ダラが大きく頷《うなず》いた。リキは構えていた切っ先を逸《そ》らす。

「正直に言えば許す。誰の依頼で潜り込み、姐さんを襲った？」

祐が目で合図をすると、イワシは自分の腕を引いた。舌を噛んで自殺するという危険性が消えたと判断したからだ。

リキに扮していた侵入者は苦しそうに咳《せ》き込《こ》む。暴れたりはせず、縋《すが》るような目で眞鍋組の幹部を見上げた。

「……た、助けてくれるのか？」

掠《かす》れた声には生への未練が含まれている。祐は満面の笑みを浮かべ、肯定するように大きく頷いた。

「その実力、消すには惜しい。正直に話せば悪いようにはしない」

「……本当か？」

「俺が誰か知っているだろう？」

「……眞鍋の頭脳派幹部……大半の暴力団が苦しんでいるのに眞鍋の表の収入を増やした凄腕《すごうで》ビジネスマン……」

「俺はカビの生えた人情だとか義理だとかに縛られていない。お前を助けたほうがメリットがあると思えば助ける。まとまった金も用意する。どうだ？」

眞鍋組で最もビジネスマンに近い策士は、常にメリットとデメリットを考える。確かに、有能な侵入者は始末するより、使えるようにしたほうが今後のためだ。氷川は愛しい男の胸の中で感心した。

「……凄腕ビジネスマンは俺が誰かわかるか？」

侵入者が探るような目で聞くと、祐は軽く手を振った。

「個人でここまで侵入できない。どこかの組織に所属しているのか？　フリーならばどこかの組織の依頼で援助を受けたのか？」

「……フリーだ」

「どこの依頼を受けた？」

「宋一族」

依頼人を聞き、祐の鮮麗な目が妖《あや》しく輝いた。同時に氷川を抱いている清和の赫怒《かくど》の念が増した。心なしか、部屋の温度が下がったような気がしないでもない。

「宋一族？　宋一族のコピー技術をレクチャーされたのか？」

変装は宋一族のお家芸、と祐は歌うように続けた。ショウが野獣のように唸《うな》り、宇治に宥《なだ》められる。

「そうだ」

「九龍《クーロン》の大盗賊に狙《ねら》われるような財宝がこの部屋にあったか？」

「白百合《しらゆり》も霞《かす》む姐さんはルーベンスの名画に匹敵する」

「姐さんをレイプする目的は？」

祐は事務的に言ったが、清和の憤激が頂点に達した。……達したように感じたので、氷川は宥めるように愛しい男に抱きつき直した。ここは次なる一手を考えている祐に任せたほうがいい。

「眞鍋の分裂」

侵入者が苦しそうに言った時、ベッドのヘッドボードの前でシマアジが声を上げた。

「隠しカメラ、発見しました」

シマアジの手には小さな隠しカメラがある。続いて、ハマチもクローゼットの前で報告した。

「隠しカメラ、発見しました」

氷川を抱き締めている清和の殺気がますます漲り、ショウが凄まじい剣幕で侵入者に殴りかかった。

……否、すんでのところで宇治がショウを羽交い締めにする。確かめるまでもなく、ベッドルームに隠しカメラを仕掛けたのは侵入者だ。

「虎と姐さんの濡《ぬ》れ場《ば》が出回ったら眞鍋は自滅する」

祐が感服したように言うと、侵入者は渋面でボソリと詫《わ》びた。

「……すみません」

侵入者はリキに変装したままだが、本物の眞鍋の虎とは迫力がまるで違う。天下無敵の強さを誇った男は、無言で立っているだけでも周囲を圧倒した。並んでもくすまないのは、眞鍋の昇り龍ぐらいだ。

本物のリキくんとはまるで違う。

どうして眞鍋第三ビルに詰めていた人たちは騙されたんだろう、と氷川は素朴な疑問を抱いた。もっとも、口に出したりはしない。

「宋一族の誰の指令だ?」

祐の質問に対し、侵入者は素直に答えた。

「宋一族の総帥」

「若獅子《わかじし》か?」

祐が確かめるように言うと、侵入者はコクリと頷いた。

「……ああ、獅童《しどう》に金を積まれた」

「よく話してくれた。お前の名は?」

ポンッ、と祐は同志を得たように微笑《ほほえ》みながら侵入者の肩を抱いた。魔女とは思えない優しい顔だ。

「……李《り》」

「出身は?」

「香港《ホンコン》」

「今後については安心しろ」

祐は侵入者に艶然《えんぜん》と微笑むと、サメに化けた銀ダラに視線を流した。合図だったらしく、銀ダラとシマアジが労《いたわ》るように侵入者を左右から抱き、ベッドルームから静かに出ていく。ショウは宇治に引《ひ》き摺《ず》られるようにして続いた。

「宇治、放せ」

「ショウ、暴れるな」

「リキさんに化けて姐さんを押し倒すなんて許せん。使い道があっても、二代目が許しても俺は許さねぇーっ」

ショウの怒りは凄まじく、宇治は魔女の恐怖で宥めようとした。

「火刑になりたいのか」

「火あぶりにされても許さねぇ……よくも俺たちの姐さんに……それもリキさんに化けるなんて八つ裂きにしても足りねぇだろっ」

ショウを押さえ込む宇治の声が小さくなるとともに、玄関のほうから重厚なドアの開閉の音が聞こえる。

ふぅ、と祐は一息ついてから、眞鍋の龍虎《りゅうこ》コンビを交互に眺めた。一種、独特の空気が流れる。

「二代目も虎もお気づきの通り、今の侵入者は長江組の極秘戦闘部隊の一員です。おそらく、福建《ふっけん》省出身の母と長江組構成員を父に持つ日中ハーフでしょう。これからサメが腕によりをかけて白状させるはずです」

予想だにしていなかった祐の見解に、氷川は声を張り上げた。

「……え？　長江組の極秘戦闘部隊？　宋一族に依頼を受けたフリーじゃないの？」

かり思っていた。

氷川は李と名乗った侵入者本人が明かした通り、宋一族の依頼を受けて忍んできたとば

しかし、祐のみならず清和やリキも長江組の極秘戦闘部隊だと目星をつけたらしい。察するに、サメに扮した銀ダラにしてもそうだ。

侵入者はしおらしい態度で素直に明かしたが、あれらはすべて嘘《うそ》だったのか。祐は真っ赤な嘘だとわかっていながら話を進めたのか。狐《きつね》と狸《たぬき》の化かし合い、という言葉が氷川の脳裏を過る。

「姐さん、いやな思いをさせて申し訳ありません。長江組の極秘戦闘部隊にまんまとやられたようです。第三ビルに詰めていた眞鍋組構成員が四名、サメの部下が四名、仕留められていました」

何か思惑があるのか、祐はなんでもないことのように被害状況を明かした。氷川は恐怖《ぐ》で震え、清和の身体は激烈な怒りで燃え上がる。リキの表情はいっさい変わらないが、紅蓮《れん》の如き激憤を秘めていることは間違いない。

「……し、し、し、仕留められていた？」

「死体が八体、倉庫や燃料室に転がっていました。李と名乗った男ひとりでできるとは思えない」

どうして八人もやられた、どうしてもっと早く気づかなかった、という清和の苛立《いらだ》ちが

氷川の身体にひしひしと伝わってくる。大事な者たちを失った慟哭《どうこく》も凄まじい。氷川の心も激しく軋《きし》んだ。

「……っ……」

氷川の目から痛哭《つうこく》の涙が零《こぼ》れ落《お》ちる。

「さすが、長江組。噂《うわさ》通りの極秘戦闘部隊」

第三ビルの警備態勢を見直す、という祐の不屈の精神が目に表れている。二代目姐の涙をあえて無視したようだ。

「……な、長江組が宋一族のふりをした？」

「宋一族と眞鍋を争わせたいのでしょう。姐さんに手を出されたら、二代目が開戦に踏み切るのはわかりきっている」

眞鍋組の戦力を削《そ》ぐためには、ほかの闇《やみ》組織と争わせるのが手っ取り早い。宋一族の若い頭目は熾烈《しれつ》だともっぱらの評判だし、いろいろと揉《も》めていたというから最適だ。

「ヤクザがそんな抗争の仕方をするの？」

長江組の血で血を洗う抗争は、幾度となくメディアを騒がせた。イメージ通りの長江組ならば、今夜、精鋭揃《ぞろ》いと雷名を轟《とどろ》かせている極秘戦闘部隊が乗り込んでいただろう。それこそ、二代目姐をレイプするまでもない。それどころか、二代目姐の存在など無視し、二代目の息の根を止めていたはずだ。

「仰《おっしゃ》る通り、今まで長江組はそういった小細工はしなかった。東京進出担当が頭脳派の若頭補佐だからでしょう。長江組内部にも火種が転がっているようですからリサーチ中です」

祐は一呼吸置いてから、恭しく氷川に一礼した。そうして、いつになく切々とした調子で言った。

「ここで姐さんにお願いがあります」

「……な、何？」

氷川が裏返った声で聞くと、祐は忌々《いまいま》しそうに不夜城の覇者を差した。

「今の二代目は頭に血が上っていて危険です。長江組に戦車隊を送り込まれたら困る」

「……せ、戦車隊？」

嘘でしょう、と氷川は否定したかったが否定できなかった。密着している清和が怒髪天を衝《つ》いていることは感じているからだ。

「すべての事実確認が取れるまで二代目を預かっていてください。とりあえず、朝まで時間をください」

祐が言わんとしているところは氷川にもわかった。ぎゅっ、と力の限り愛しい男にしがみつく。

「……わ、わかった……朝まで清和くんにしがみついている」

「お願いします。一時も二代目を離さないでください。今の二代目はショウと同レベルの鉄砲玉です」

「ショウくんと一緒？　そんなにひどいの？」

「はい。二代目を押さえ込んでいてください」

祐は言うだけ言うと、リキとともに玄関のドアから出ていった。異常なし、というプライベートフロアの報告とともに。

氷川と清和のふたりだけになった途端、なんとも形容しがたい静寂に包まれる。すべての修羅が幻だったような気分だ。

「……驚いた」

氷川が独り言のようにポツリと零すと、清和は辛《つら》そうに男らしい眉《まゆ》を顰《ひそ》めた。

「すまない」

「……僕はリキくんじゃないってわかっていた……わかっていたのに……さっきも言ったよね……さっきも言ったけど、びっくりした……」

眞鍋の虎ではないという確信はあった。それでも、信頼している男の顔で襲われたダメージは少なからずあったようだ。今になって氷川の身体が恐怖で震える。愛しい男に抱かれているのに恐怖が消えない。

「すまなかった」

清和に詫びるように抱き直され、氷川の目から大粒の涙が滝のように溢《あふ》れた。失われた命が悲しい。

「……八人も殺されてしまった？」

「仇《かたき》は討つ」

清和から凄まじい無念さと憤りが発散された。不夜城の覇者にとっても予期せぬ侵入だったのだろう。

「仇を討ったら八人、生き返るの？」

仇を討って八人、蘇生《そせい》するのならば応援する。だが、どんなに血を流しても、奪われた命は戻らない。

「許せない」

不夜城の覇者が憤慨したら終わりだ。氷川が抱きついていなければ、その足で長江組に殴り込んでいたに違いない。

「僕も許せないけれど、もう……もう……こんな恐ろしいことは……」

「すまない」

「抗争なんてやめて」

殺し合いになんの意味がある、と氷川は口にしたつもりが声にならなかった。複雑な思いが込み上げ、胸が張り裂けそうに辛い。

「無理だ」

眞鍋の昇り龍は恋女房の涙を無視し、吐き捨てるように言った。修羅の道を突き進む極道の顔だ。

「争ってもいいことはない」

長江組相手ならば、さらに被害者は増えるかもしれない。復讐《ふくしゅう》は復讐を呼ぶ。負の連鎖は断ち切らなければ永遠に続く。

「泣くな」

「眞鍋組を解散しよう」

膝《ひざ》で童謡を歌ってくれた可愛《かわい》い幼馴染みと再会したら、頑強な男を従える極道になっていた。本当は修羅の世界で生きるような男ではない。養母から聞いたが、清和は真面目《まじめ》な優等生で進学校に通っていたのだ。

「よせ」

「僕が眞鍋組を解散させる」

こうなったらどんな手を使っても眞鍋組を食品会社にする、と氷川は勢い込んだ。一刻も早く、愛しい男を血腥《ちなまぐさ》い世界から遠ざけたい。

「やめろ」

「眞鍋組を解散させた後、美味《おい》しいハンバーグや生ハムを一緒に作って売ろう。絶対に楽しいよ」

「やめろ」

「ハンバーグや生ハムじゃなくてお寺……あ、まだ清和くんは二十歳なんだよ。学校に通おう。諒《りょう》兄ちゃんが清和くんの学費と生活費を払うから大丈夫だ。安心して学校に通ってね。どこがいいかな」

まだ二十歳だ。充分、今からでもやり直せる。僕が守る。もう僕はなんの力もなかった学生じゃない、と氷川は命より大事な幼馴染みに訴えかけた。目から流れる涙を拭《ぬぐ》うこともしない。

「…………」

スッ、と清和は氷川の身体から手を離し、腰を浮かしかけた。鋭い双眸はベッドルームの外に注がれているし、最愛の姉さん女房を拒絶している。

「どこに行くの」

もちろん、氷川は愛しい幼馴染みを離したりはしない。物凄《ものすご》い勢いで清和の身体に抱きついた。

「…………」

眞鍋の昇り龍は力尽くで恋女房を振り払ったりはしない。ただ、極道の金看板を下ろすことは全身で拒絶している。

「僕のそばにいて」

「………」

「眞鍋組を解散できないなら、いつでも僕の隣にいて」

泣いて縋っても無理なのかな、と氷川は渾身《こんしん》の力を込め、愛しい男の身体を白いシーツの波間に沈める。ギシッ、とキングサイズのベッドが音を立てて軋んだ。

「………」

「銃刀法違反の罪は犯させないからね」

可愛い年下の亭主には、ライフルにも散弾銃にも触れさせたくない。戦車やバズーカ砲はもってのほかだ。

「………」

「危ないことはさせないから」

眞鍋組を解散させるのが無理ならば、どうしたら長江組との抗争を止められるのだろう。何か手があるのではないか。血を流さずに解決してほしい、と氷川は涙で潤んだ目で愛しい男を見つめる。

「………」

「清和くん、僕といつも一緒だ」

愛しい男が地獄に落ちるならついていく。

恐ろしいのは、愛しい男においていかれることだ。

片時も僕を離さないで、と氷川はベッドに沈めた剛健な身体に乗り上げた。スッ、とアルマーニのネクタイを緩める。

「……………」

氷川は仏頂面の清和の額にキスを落としつつ、シャツのボタンを上から外した。現れた逞《たくま》しい胸に頬を寄せる。

あいつにはコンクリートを抱かせてやる、と愛しい男は長江組に対する報復しか考えていなかった。

氷川が身を寄せているというのに。

「……ど、どうして僕がそばにいるのに、恐ろしいことばかり考えているの？」

清和がどんなに憤慨していても、キスをしたらトーンダウンすることが多かった。苛烈《かれつ》な極道は意外なくらい単純だったのだ。

けれど、今は違う。

身体を密着させても、不夜城の覇者の殺気は消えない。

「……………」

「僕だけ見て」

氷川は甘い声で言ってから、はだけた寝間着を脱いだ。雪のように白い肌には李と名乗った侵入者の痕跡《こんせき》はない。

「…………」

「清和くんが見てもいいのは僕だけだ」

氷川は恥じらいつつも、強靱《きょうじん》な身体の上で最後の一枚も手放した。そっと寝間着の上に落とす。

「…………」

「僕も清和くんだけだよ」

氷川が生まれたままの姿で微笑むと、ようやく不夜城の覇者は低い声で返事をした。

「……あぁ」

「清和くん以外の男に触られた」

忘れさせて、と氷川は蠱惑的《こわくてき》に年下の亭主を誘いながら、ズボンのベルトを外し、ファスナーを下ろした。

「……いいのか？」

清和はどんなに頭に血が上っていても、圧倒的に身体的な負担が大きい恋女房を慮《おもんぱか》る。スポーツ新聞や下世話な雑誌、インターネットで批判されているような血も涙もない鬼畜ではない。

「うん、清和くんに触ってほしい」

清和のズボンの前を開けば、雄々しい分身が勢いよく現れる。早くも熱を持って滾《たぎ》っていた。

よかった。

恐ろしいことばかり考えていても元気になっている、と氷川は心の中で安堵《あんど》する。

「身体は？」

「僕の身体は大丈夫」

「……………」

「おいで」

どんなに怒っていても僕の身体を見ただけでこんなになるんだ、と氷川は起立している清和の肉塊を軽く揉んだ。

「文句は言うな、今までのように」

「……だから、あんまりいやらしいことはしないで」

氷川は頬を薔薇色《ばらいろ》に染め、指の腹で愛しい男の亀頭《きとう》を優しく撫《な》でた。さらに猛々《たけだけ》しく成長していく。

「……………」

「いやらしいことは少しだけ」

可愛い男の憮然《ぶぜん》とした顔の裏に隠された感情を読み取る。氷川は呆気《あっけ》に取られたが、肉塊に触れたまま尋ねた。

「そんなにいやらしいことがしたいの?」

当たり前だろ、と不夜城の覇者が心の中で答えたような気がした。なんの言葉も返らなかったが。

「僕とそんなにいやらしいことがしたいんだ」

説得できるかな。

ここで説得するしかない。

今が最後のチャンスだ、と氷川は煽るように清和の分身を太ももの間に挟んだ。内股《うちまた》に力を入れれば、これ以上、大きくならないと思っていたのにさらに膨張していく。

しかし、愛しい男は顰《しか》めっ面《つら》でなんの言葉も口にしない。見ようによっては我慢大会の出場選手だ。

「長江組と休戦してくれるなら、どんなにいやらしいことをしてもいいよ」

氷川はあだっぽい目で捨て身の賭《か》けに出た。

「…………」

「たくさんいやらしいことをして」

抗争をやめてくれるのならば、どのように破廉恥な行為でもする。浅ましい痴態で美味しい据《す》え膳《ぜん》をさんざん食べてきた可愛い男を楽しませる。氷川は決死の覚悟で命より大切な男を誘惑しようとした。

「…………」

清和の仏頂面に今まで見たことのないような凄まじい影が走った。心なしか、ベッドルームの温度が下がる。

「僕、恥ずかしいけれど頑張る。どんないやらしいかっこでもする」

氷川は愛しい男の身体の上でぎゅっ、と内股で雄々しい肉塊を強く挟んだまま、淫《みだ》らに腰をくねらせた。

「…………」

今にも清和の分身は頂点を迎えそうだ。

しかし、清和の鋭い目は不夜城の覇者のものだった。魂は最愛の姉さん女房の色香にも屈しない。

「清和くん、僕にどんないやらしいことをしてもいいんだよ。たくさん、いやらしいことをして」

「…………」

氷川は艶《なま》めかしい微笑で、ベッドのヘッドボードに用意されていた潤滑剤代わりのローションを取りだした。発見した時は赤面したが、こんなに早く使うとは思っていなかった。

「ショウくんが持っていたAVみたいなこともしていいよ」

氷川は煽るようにローションを手にたっぷりと垂らした。そのまま自身の秘部に塗り込める。

「…………」

「清和くん？」

氷川は下肢をずらし、清和の熱く滾る分身もローションで湿らせた。それも入念な手つきで。

「…………」

清和の怒張した分身とは裏腹の極道の双眸に、氷川はとうとう白旗を掲げた。可愛い男は筋金入りの極道だ。

「……無理？」

氷川が悲しそうな顔で聞くと、清和は明確な声で答えた。

「ああ」

「いい子なのに困った子」

ツンッ、と氷川は天を衝く清和の肉柱を突《つつ》いた。萎《な》えるどころか、隆々と存在感を主張している。

「俺はヤクザだ」

今までに幾度となく耳にした眞鍋の昇り龍の言葉が繰り返された。彼なりの決意表明なのかもしれない。

「知っている」

「お前は俺の女房だ」

「わかっている」

「許してくれ」

愛しい男に哀惜《あいせき》を含んだ目で見つめられ、氷川に名前のつけられない想いが込み上げてくる。深く愛しているからこそ辛い。

「……もうっ」

氷川は縋るように愛しい男の首筋に顔を埋《うず》めた。

「すまない」

「……絶対に僕をおいて逝《い》っちゃ駄目だよ」

「ああ」

「優しく抱いて」

氷川が涙声で誘えば、年下の亭主が念を押した。

「いいんだな？」

「うん」

氷川が承諾の意味で額に触れると、いきなり視界が変わった。清和の手によって体勢が入れ替わったのだ。

「やめるなら今だ」

愛しい男の背後にはイワシが飛び降りてきた天井が広がっている。今現在、誰かが待機しているようには思えない。

「やめてほしいの？」

氷川は身体に感じる清和の重みが切なくてたまらない。

「…………」

「いいからおいで」

氷川が誘惑するように足を開くと、年下の亭主は耐えられなくなったらしい。白い胸の突起に齧《かぶ》りついた。

「……覚悟してくれ」

「……あっ……」

これからの性行為についての覚悟か。今後の抗争についての覚悟か。いったいどういう意味の覚悟を促されたのだろう。

なんにせよ、氷川は野獣と化した男に貪《むさぼ》り尽《つ》くされるだけだ。胸の飾りに対する執拗《しつよう》な愛撫《あいぶ》に、氷川は自分のものとは思えない喘《あえ》ぎ声《ごえ》を上げさせられる。自分の身体がこんなに敏感だと、清和に抱かれるまで知らなかった。

「覚悟しろ」

「……あ……そこはもう……やっ……」

甘く責め立てられている胸の突起が熱い。

「覚悟したな？」

「……あ……ああっ……」

若い昇り龍の熱が伝染したのだろうか。氷川の分身は直《じか》に触れられてもいないのに火がついた。まっとうな男としての感じ方ではない。愛しい男を受け入れるための器になってしまった。

「俺のものだ」

秘部に愛しい男の指を感じ、氷川の腰は無意識のうちにくねった。否定したくても、素直な身体は悦楽を覚えている。正確に言えば、覚え込まされてしまった。

「……あ……清和くん……」

「よく覚えておけ」

不夜城の覇者に言い聞かされるように秘部を弄られ、氷川の理性が飛びそうになった。

ガクガクと下肢が痙攣《けいれん》する。

「……ああっ……あっ……そ、そんな……」

「俺だけを見ていろ」

「……そんなふうに触らないで……も、もう……」

粘膜を意地悪く擦《こす》り上《あ》げられ、浅ましい痴態を晒しそうだ。氷川は広い背中に縋るようにしがみつく。

「……っ」

「……お、おいで……もう……」

指だけでは物足りない。もっと強い刺激が欲しい。愛しい男そのものを感じたい。氷川の足は知《し》らず識《し》らずのうちに左右に大きく開いた。そのうえ、膝を立てる。密着している清和の男根がさらに熱くなった。

「…………」

「……早く」

「……っ……」

艶めかしい恋女房の姿に我慢できなくなったらしく、若い猛獣がのっそりと動いた。周りの空気も変わる。

「……僕の中においで」

秘孔に灼熱《しゃくねつ》の肉塊が押し当てられる。

早く、早く、早く、と氷川はそれしか考えられない。浅ましい自分を恥じることすらで

きない。

「俺だけのものだ」

ズブリ、という音とともに凄まじい圧迫感と激痛が氷川の身体を直撃した。そこが火傷《やけど》したように熱い。

「……あっ……」

氷川の中でも火がついた。

「……っ」

雄々しい男が快楽に耐えるかのように眉を顰め、凄絶なオスのフェロモンを漲らせた。氷川が求めていた男だ。

「……あ……あぁ……僕の清和くんだ……」

切望していたものを与えられた喜びがじわじわと身体の奥から這い上がってくる。氷川の理性は完全にどこかに飛んだ。

「力を抜いてくれ」

「……あっ……そこ……」

愛しい男は自分より自分の身体を知っているのかもしれない。その一点を的確に突き、擦り上げる。

真っ白な肌は朱に染まり、黒目がちな目は潤みきり、敏感な秘孔は淫猥《いんわい》な蜜《みつ》を垂らし続けた。どこまでが自分の身体でどこからが愛しい男の身体か、すでにまったくわからなくなっていた。淫猥な獣に落ちたような気がしないでもない。

けれど、最高に幸せだった。

永遠にふたりがひとつであってほしい。

4

いったい何度、ふたりがひとつになっただろう。

もはや、氷川《ひかわ》の秘部からは飲みきれなかった清和《せいわ》の残滓《ざんし》が漏れ、潤滑剤代わりのローションとともにいやらしく光っている。太股《ふともも》を伝う筋も一本ではない。ベッドの周りどころか、ベッドルームには生々しい匂《にお》いが漂っていた。

ズルリ、という淫猥《いんわい》な音とともにひとつに繋《つな》がったふたつの身体《からだ》が離れる。若いオスの満足そうな吐息が漏れた。

清和くん、よかった？

よかったの？

これで満足したの、と氷川は口にしたつもりが声に出なかった。はしたなくも秘孔が寂しさで疼《うず》いているからだ。

「……んっ」

氷川が濡《ぬ》れた身体で艶《つや》混じりの声を漏らせば、若いオスのせっかく鎮まった欲望に火がつく。

煽《あお》るな、と清和は鋭い双眸《そうぼう》で咎《とが》めた。

もっとも、非難ではなく命令だったのだろうが。

足が何か見えない力につき動かされるように大きく開き、氷川は潤みきった目で愛《いと》しい男をじっと見つめた。

「……もっと欲しい？」

「……おい」

「もっともっと欲しいならもっともっとあげる」

我慢しなくてもいいから、と氷川は愛しい男に向かって白い手を伸ばした。さらに清和の分身が膨張する。若い男の回復力は凄《すさ》まじい。

「……いいのか？」

清和の声に応じるように、秘孔はヒクヒクと開閉を繰り返す。理性を失った氷川には止められない。

「清和くんは僕のものだから」

「……いいんだな？」

見ている。

見られている。

そんなに熱い目で見られたら僕もおかしくなるよ、と氷川は秘部を凝視されていることが確かめなくてもわかった。

「もっと僕を濡らしていいよ」

愛しい男のすべてを一身に受けたい。氷川の身も心も浅ましいぐらい貪欲《どんよく》に愛しい男の象徴を求めた。

「それ、忘れるな」

「うん、もっと出していいよ」

氷川がメスになれば、若いオスは欲望を突き立てる。そこは自分の所有物だと言うかのように。

獣になったふたりの熱い夜の幕は下りない。

何度もふたりで愛し合った。

至福の時だった。

夢の中でもとけてしまうぐらい深く愛し合った。

夢だとわかっていた。

夢の中、いつの間にか愛しい男が離れ、誰かと小声で話をしていた。

『二代目、サメはああ見えて部下を大事にします』

聞き覚えのない声だが、サメに対する敬意は確かめなくてもわかる。氷川もサメが部下を大切にしていることは気づいていた。

『知っている』

『部下を消され、サメがブチ切れたら誰にも止められない。任せてもらっていいですね？』

『ああ』

愛しい男が夜叉《やしゃ》に見えるし、話している相手は阿修羅《あしゅら》に見えた。氷川は漠然と夢を見ているのだと思う。

『命を頂戴《ちょうだい》します』

『できるのか？』

『見くびらないでください』

『そうだな』

フッ、と眞鍋《まなべ》の昇り龍は誇らしそうに鼻で笑った。話し相手の実力を高く評価していることは間違いない。

『ダイアナと藤堂和真《とうどうかずま》の協力を仰ぎます。借りを作ることになりますが、大目に見てください』

『わかった』

『無用だと思いますが、長江《ながえ》と全面戦争となれば負けます。勝ち目はありません』

『……おい』

清和の鋭い目に咎められたが、話し相手はいっさい怯《ひる》まなかった。

『サメも断言していましたが、紛れもない事実です。責任者が吉沢《よしざわ》ですから、根こそぎやられます。再起できない』

『ウナギ、吉沢を消せ』

『二代目、消す相手を間違えないでください。ブチ切れたサメに添った魔女のシナリオ通り、動いてほしい』

ウナギ？

鰻《うなぎ》の蒲焼《かばや》きが好きだったっけ？

橘高《きったか》さんの差し入れは鰻弁当が多いって聞いたけど、清和くんはいったい誰と喋《しゃべ》っているの、と氷川が目覚めた時、愛しい男はベッドから静かに下りようとしていた。閉じられていたはずのクローゼットが開いているが、今はそんなことは気にしない。

「……清和くん？」

氷川が目を擦《こす》りながら聞くと、清和は淡々とした調子で答えた。

「寝ていろ」

清和が極彩色の昇り龍を晒《さら》したままベッドルームから出ていこうとした瞬間、一気に昨夜の甘い余韻や羞恥心《しゅうちしん》が吹き飛んだ。

氷川は重い腰を騙《だま》し、ベッドから飛び降りる。

「清和くん、どこに行くの？」

むんずっ、と氷川は背後から愛しい男に抱きつく。秘部から情交の名残が滴り落ちるが、恥じらっている場合ではない。

「…………」

「僕も連れていきなさい」

氷川の脳裏には祐《たすく》の言葉がこびりついている。眞鍋組の頂点に立つ男がショウ並みの鉄砲玉と化しているならば危険だ。

「…………」

「僕は清和くんのものでしょう。自分のものは忘れちゃ駄目」

「…………」

清和は顰《しか》めっ面《つら》でベッドルームを出ると、天井の高い廊下を進む。そうして、パウダールームとバスルームのライトを点《つ》けた。バーベナのアロマの香りが漂っている。

「……バスルーム？」

氷川は北欧製のアメニティが揃《そろ》えられたパウダールームを見回した。バスローブは言わずもがな、シンプルなチェストには新しい衣類が用意されている。大きな曇りガラスのドアの向こう側がバスルームだ。

「…………」

「清和くん、もうシャワーを浴びていいの？」

氷川は清和の傷跡を医師の目で見た。おそらく、湯に浸《つ》かるのは控えなければならないが、シャワーをさっと浴びるぐらいならいいはずだ。

「……ああ」

「じゃあ、僕と一緒にシャワーを浴びよう」

氷川は清和とともに広々としたバスルームに進んだ。ふたりで適温の湯を浴び、情交の汚れを落とす。

「清和くん、傷は痛まない？」

シャワーの加減を調節したが、どうしたって愛しい男の身体が心配でならない。鍛え上げられた見事な体軀《たいく》には生々しい大きな傷跡がある。

「ああ」

「ほかに痛いところは？」

「ない」

「……清和くん……その……」

氷川の白い肌には清和がつけたキスマークがあちこちにべったりと点在していた。明るいライトの下、淫猥なぐらい目立つ。もっとも、氷川が気になったのは肌に残る紅《あか》い跡ではない。

「なんだ？」

「そんな目で見ないでほしい」

愛しい男の視線の先は氷川の秘部から滴り落ちる自身の落とし物だ。慌てて、シャワーの湯の勢いを激しくする。

「……………」

「恥ずかしいから見ないで」

氷川が羞恥心から咎めても、清和は目を逸《そ》らそうとはしなかった。まるで意趣返しのようだ。

「……………」

「清和くん、絶対に見ちゃ駄目」

清和の目を左手で隠し、氷川は自身の秘部を右手で洗った。羞恥心で身体中が熱くなるが、躊躇《ためら》ってはいられない。

「……………」

「いい子だから見ていないね？　いい子だから見ていないよね？」

氷川は愛しい男に注意したが、見られているような気がしてならない。手早く、自身の指で掻《か》きだした。コンドームを使用しなかったことを後悔するのは事後だ。あの時は、チラリとも考えなかった。

「…………」

「こんなの、見ても楽しくないでしょう……え？　楽しいの？」

年下の亭主の目を塞《ふさ》いでいる手から本心が伝わってきて、氷川はその場に腰を下ろしそうになった。

「…………」

「…………」

「……た、楽しくないから見ちゃ駄目だ」

「……っ……いいよ」

もう少し丁寧にケアしたほうがいいのはわかっているが、愛しい男の前でこれ以上はできなかった。さすがに、羞恥心が勝つ。

「…………」

それでいいのか、と清和の目は氷川の右手に注がれていた。男としての下心が根底に流れている。

「僕はもういい」

「…………」

「僕のことより、清和くんのこと。本当に痛まない？」

「ああ」

「清和くんなら痛くても言わないよね」

遠い日、幼い清和は実母のヒモに暴力を振るわれても黙っていた。氷川が指摘しても気丈に振る舞った。眞鍋組の金看板を背負ったら、さらに自身の苦痛を口にしなくなった。傷は増え続けているというのに。

「もう我慢しなくてもいいんだよ」

どんな豪然たる美丈夫に成長しても、氷川の目には可愛《かわい》い幼馴染《おさななじ》みに映る。いつか、散りそうで怖い。

「…………」

「無理しないで、諒《りょう》兄ちゃんに教えてね」

氷川は濡れた清和の頰《ほお》を優しく撫《な》でた。

「…………」

「そんな苦しそうな顔をしないで」

清和の表情はこれといって変わらないが、心の中は苦難の色に染まっている。凄絶《せいぜつ》な葛《かっ》藤《とう》に苛《さいな》まれているような気がした。

「…………」

「どうして、諒兄ちゃんと一緒にいるのにそんな顔をするの？」

抗争中に僕とふたりきりでこうやっているから辛《つら》いのか、と氷川はなんとなく年下の亭主の心情を読み取った。おそらく、気づかれないように抗争を終わらせたかったのだろう。長江組が相手ではどだい無理な話なのに。

「………」

「清和くんには諒爺《じい》ちゃんの介護という大仕事が控えているんだから覚悟してね」

僕より先に逝くな、と氷川は万感の想《おも》いを込めて清和の鼻先にキスを落とした。可愛くてたまらない。

「………」

「介護についてリキくんに聞いてくれたんでしょう？」

「………」

「ありがとう。要介護になった諒爺ちゃんのために聞いてくれたんだよね？　人選ミスだと思うけれど嬉《うれ》しい」

「………」

「今の時代、庭付きのマイホームを建てるより介護のほうが大変だ、って聞く。頼りにしている」

実母の介護に疲弊して自殺した娘のケースや老老介護の悲惨なケースなど、介護に纏《まつ》わる悲劇は増える一方だ。介護に関する詐欺も多いし、悪質な介護施設や老人ホームの話も枚挙に暇《いとま》がない。

「………」

「僕の介護があるんだから、それまでちゃんと元気でいてね」

「………」

「返事をして」

氷川が耳を引っ張ると、ようやく清和が口を開いた。

「わかっている」

求めていた言葉を聞き、氷川は花が咲いたように微笑《ほほえ》んだ。

「わかっていればよろしい」

「………」

「キスして」

氷川が甘くねだれば、年下の亭主は照れくさそうな顔で唇を近づける。白い湯気が立ちこめる中、ふたりの唇が軽く重なった。

名残惜しそうに、清和の唇が離れる。

「……清和くん、もう一度キスして……もっとちゃんとキスして……」

氷川は寂しくて再びキスを求めた。なんと言えばいいのかわからないが、いつもの清和のキスではない。

「………」

「大人になったのなら大人のキスをして」

「………」

愛しい男は目を細めると、触れるだけのキスを落とした。氷川が要求した濃厚なキスではない。セーブしているのかもしれないが、どこか躊躇いがちなキスだ。

「清和くん、何を考えているの？」

おかしい。

僕のことを考えていない、と氷川は愛しい亭主の意識が自分に向けられていないことに気づいた。いつもと同じように無表情だが、身に纏《まと》う空気が確実に違う。まるで宿敵に気づいた野獣のようだ。

「じっとしていろ」

「……え？」

清和は目にも留まらぬ素早さで、バスルームから出ていった。そのうえ、物凄《ものすご》い勢いでドアを閉める。

「……せ、清和くん？」

氷川も続いてバスルームから出ようとしたがドアが開かない。外からロックがかかるとは今まで知らなかった。

『騒ぐな』

ドアの向こう側から不夜城の覇者の低い声が聞こえた瞬間、ガタガタガタガタッ、ガッシャーン、という耳障りな破壊音が響き渡る。

誰かが何か、怒鳴っていた。人の気配がする。それもひとりやふたりではない。バスルームのドアに愛しい男の影が映っているが、その手には拳銃《けんじゅう》が握られているような気がしてならない。

ズガガガガガガガーッ、と世にも恐ろしい銃声も絶え間なく聞こえた。曇りガラスのドアの向こう側で何が行われているのだろう。

いったい何？

長江組の襲撃？

百戦錬磨の極秘戦闘部隊？

清和くん、無事でいて、と氷川は未《いま》だかつてない手強《てごわ》さの眞鍋組の抗争相手に背筋を凍らせた。

敵方の組長や幹部に命知らずのヒットマンを送り込むのが長江組の戦法だ。ヒットマンは始めから助かろうとは思ってない。それゆえ、退路を確保せず、確実にターゲットを仕留めることのみに腐心する。ダイナマイトを腹に巻いて敵対している暴力団総本部に飛び込むのは常套《じょうとう》手段だ。結果、高い確率でターゲットの命を奪う。街中のターゲットを襲撃することもあり、巻き添えになった一般人の被害者も多い。

氷川が恐怖に駆られていると、意外なくらい早くバスルームのドアが開いた。

「すまない」

清和の顔を確認し、氷川はほっと胸を撫で下ろす。濡れた身体のまま、愛しい美丈夫に抱きついた。

「……せ、清和くん？」

可愛い男の身体は冷たくない。ちゃんと人としての血が流れている身体だ。氷川は自身の肌で確かめた。

「すまなかった」

清和は辛そうに眉《まゆ》を顰《ひそ》め、氷川の身体を抱き締め直した。予期せぬ襲撃だったのかもしれない。

「……な、何があったの？」

「気にするな」

清和は視線を逸らして言うと、白いバスタオルを手に取った。壊れ物に触れるような手つきで、氷川の濡れた髪の毛を拭《ふ》く。

「気にするに決まっているでしょうっ」

氷川が頬を上気させて力むと、清和は最新式のドライヤーを眺めながら言った。

「必ず、守る」

「長江組？」

「風邪をひく」

清和は視線を逸らせたまま、純白のバスローブを氷川の身体に被《かぶ》せた。どうやら、水を吸った艶《なま》めかしい恋女房が直視できないらしい。

当然、氷川は意に介さず、荒い語気で問い詰めた。

「長江組だったの？」

「関《かか》わるな」

清和の言い草に、氷川は頬を引《ひ》き攣《つ》らせた。

「今さら、何を言っているの？　長江組の極秘戦闘部隊兵がリキくんに化けて乗り込んできた後なんだよ？」

「守る」

不夜城の覇者が灼熱《しゃくねつ》の覇気を漲《みなぎ》らせた時、パウダールームの前の廊下から、祐のいつになく渋い声が響いてきた。

「二代目、下手に隠すと姐《あね》さんに得意技を発揮されます。こういう時は告げたほうがいい」

氷川は憮然《ぶぜん》とした面持ちの清和を無視し、廊下にいるだろう祐に向かって明瞭《めいりょう》な声で尋ねた。

「祐くん、いったい何があったの？」

「お察しの通り、長江組の襲撃です」

「長江組がとうとう乗り込んできた？」

最上階にいたから気づかなかっただけで、すでに眞鍋第三ビルでは長江組の戦闘兵と眞鍋組構成員が戦っているのだろうか。脱出経路がすべて封鎖されたのだろうか。被害者がまた増えたのだろうか。

氷川の背筋が凍りついたが、祐から意外な報告が返った。

「長江組が金で雇った外国人部隊の襲撃です。日本語も英語も通じないから苦労します」

「……外国人部隊？　もしかして、不法入国者？」

「そうです。不法入国者のヒットマン集団はタチが悪い。けれど、長江組の精神が叩《たた》き込《こ》まれた極秘戦闘部隊に比べたら楽です。安心してください」

「……あ、安心できるわけがないでしょう」

氷川が声を荒らげてパウダールームから出ようとしたが、清和の有無を言わせぬ力に止められた。

「姐さん、感謝します。今まで二代目を押さえていてくれて助かりました。おかげさまで事実確認が取れました」

祐に切々といった調子で感謝され、氷川はバスローブに袖《そで》を通しながら聞いた。

「祐くん、どんな事実確認が取れたの？」

「部下を四人消されたと知り、アーユルヴェーダに勤《いそ》しんでいたサメがブチ切れました。姐さんは服を着て、舎弟の手作りカレーを食べてください」

端麗な魔女が故意に複雑に言っていることはいやでも気づく。氷川はローションの瓶に手を伸ばしながら聞いた。

「意味がわからない」

「桐嶋《きりしま》組長と魔性の男のところで休暇を楽しんでください」

祐の言う『魔性の男』とは、かつて清和の宿敵だった元藤堂組初代組長のことだ。息をするだけで数多《あまた》の男を魅了する罪作りな男である。

「桐嶋さんと藤堂さん？」

「眞鍋組総本部も第三ビルの内部情報も、長江組に流れていると判明しました。いったん、姐さんは眞鍋のシマから避難していただく」

氷川は祐の説明を聞きながら、パラベンフリーのローションを顔や首につけた。ついでというわけではないが、清和の顔や首にもつける。

「それで桐嶋さんと藤堂さんのところ？」

「眞鍋が長江と全面戦争になれば桐嶋組は傍観していられない。それでも、桐嶋組長は大原《おおはら》組長には牙《きば》を向けられない。桐嶋組長が自滅しないように釘《くぎ》を刺してください」

姐さんの敵は俺の敵だから眞鍋の敵は桐嶋の敵、と桐嶋は常々公言している。かつて清和が窮地に陥った時も、桐嶋は仁義を守った。真《ま》っ直《す》ぐすぎて使えないと、祐に呆《あき》れられていたけれども。

「桐嶋さんが自滅？」

氷川の瞼《まぶた》に桐嶋が腹部にダイナマイトを巻く姿が浮かんだ。関西で伝説と化した極道の息子は熱い血潮が流れる熱血漢だ。

「桐嶋組長と魔性の男は長江組と関係がありました。長江組の幹部が裏で桐嶋組長と藤堂さんに接触しています」

祐の声音と清和の険しい顔つきから、長江組の桐嶋と藤堂に対する執着が強いとわかる。今、桐嶋や藤堂に長江組と手を組まれたら眞鍋組は一巻の終わりだ。

「桐嶋さんは眞鍋を裏切ったりしない」

「俺たちも桐嶋組長を信じています。ただ、桐嶋組長は元長江組構成員ですし、大原組長に対する義理がある。東京進出担当も大原組長への不義理で揺さぶっているようです」

桐嶋は当時若頭だった大原の情熱に負け、盃《さかずき》をもらったという。目をかけられ、若い妻付になった。しかし、こともあろうに、若い妻が執拗《しつよう》に迫り、桐嶋が拒んだら、レイプされたと騒いだのだ。大原は真実に気づいていながら、桐嶋を罰することになった。自分が仕えている親の姐をレイプするなど、決して犯してはいけない禁忌だ。桐嶋が指を詰めようとした時、金を積んで助けたのが東京で袂《たもと》を分かった藤堂だった。

「そんなの、桐嶋さんは大原組長になんの義理も感じなくていい。悪いのは大原組長と奥さんでしょう」

氷川が楚々《そそ》とした美貌《びぼう》を憤怒《ふんぬ》の色に染めると、清和の精悍《せいかん》な顔にも影が走った。長江組において、今でも桐嶋は大原組長の若い姐をレイプした外道だ。眞鍋の昇り龍も桐嶋に纏わりつく汚名に心を痛めている。

「今、その話題に触れないでください」

「僕、桐嶋さんの汚名が東京で流れているのが許せない」

桐嶋が長江組を去り、竿師《さおし》になっても、東京に流れてきても、姐をレイプしたという汚名は追いかけてきた。自身の漢《おとこ》っぷりで桐嶋組を回しているが、今でも汚名は真《まこと》しやかに流れているという。何せ、桐嶋が大原の名誉を守るため、事実を明かそうとしないから。

ただ、眞鍋組関係者やホストクラブ・ジュリアスのナンバーワンホストなど、真実を知っている者は知っている。竜仁会《りゅうじんかい》の会長の耳にも桐嶋の潔白は届いているはずだ。それゆえ、可愛がられているのだろう。

「姐さん、いずれ、その問題は解決すると思いますから抑えてください」

「どうやって解決するの？　僕が真実を話して回っていい？」

氷川が声を張り上げると、清和が低く呻《うめ》いた。逆効果、と不夜城の覇者は雄弁な目で制している。

「姐さんが真実をブチまけたら、長江組は大喜びするでしょう。眞鍋の二代目が姐を使って根も葉もない大嘘《おおうそ》を吹聴している、と攻撃の対象にできる」

祐は大きな溜《た》め息《いき》をついてから、宥《なだ》めるように続けた。

「今、姐さんが桐嶋組に身を寄せれば、長江組の揺さぶりも裏工作も鎮まると思います。ご理解していただけましたか？」

桐嶋組総本部に眞鍋組二代目姐がいるとなれば、それだけで桐嶋組と眞鍋組の固い結束の証明になる。長江組がどんな裏工作をしても無駄だ。何より、板挟みになった桐嶋の爆発が止められる。

「そういうことか」

「二代目は反対していますが、これ以上、無駄な血を流したくありません。早々に決着をつけます」

パウダールームの前の廊下ではショウや吾郎《ごろう》、宇治《うじ》といった若手構成員たちが血まみれの侵入者たちを外へ運んでいる。特殊掃除用具を抱えて入ってきたのは、リキが鍛えている若手構成員たちだ。ひょっとしたら、リビングルームやダイニングキッチンは血の色に染まっているのかもしれない。

　これ以上、誰の血も流したくなかった。

「……うん、僕、桐嶋さんと藤堂さんのところに行く」

「ありがとうございます」

「すぐに用意をするから」

　清和の渋面がさらに渋くなったが、氷川は祐の案に乗った。手早く、身なりを整え、戦場と化したプライベートフロアを後にする。

　地下の駐車場に辿《たど》り着《つ》くまで、誰も一言も口にしない。氷川の周りは張り詰めた緊張感でいっぱいだ。正確に言えば、眞鍋第三ビル全体にピリピリとした緊張感が漂っている。

　地下の駐車場では眞鍋組の兵隊がズラリと並んでいる。

　銀のメルセデス・ベンツの前で頭を下げているのは、眞鍋組随一の運転技術を誇るショウだ。今のところ、目立った怪我《けが》の跡はない。

「ショウくん、お疲れ様」

　氷川がにっこり微笑むと、ショウは力強く頷《うなず》いてから運転席に乗り込む。助手席にはリキが腰を下ろし、後部座席には氷川を挟んで清和と祐が座る。眞鍋が誇る龍虎《りゅうこ》コンビに魔女、特攻隊長といった大物たちによる二代目姐の見送りだ。

　どれだけ二代目姐を大事にしているのか、眞鍋の男たちは隠そうとしない。これもひとつの長江組に対する意思表示だと、氷川にもなんとなくわかった。二代目姐に手を出したら容赦しない、と。

かつて眞鍋の昇り龍にはなんの弱点もなかったが、今では巷《ちまた》のチンピラにまで知れ渡っている。長江組のみならず窮地を狙《ねら》う敵に対し、逆手に取った戦法だ。

「出します」

ショウは一声かけてからアクセルを踏む。頭を下げる構成員たちの間を銀のメルセデス・ベンツは進んだ。

難なく地下の駐車場から地上に上がる。

その途端、数え切れないぐらいの大型バイクが物凄い勢いで突っ込んでくる。ターゲットは不夜城の覇者を乗せた車だ。

「雑魚《ざこ》軍団めーっ」

ショウは不敵に叫ぶと、素早くハンドルを左に切った。瞬時に清和の逞《たくま》しい腕が氷川を守るように抱いた。

ドガーン。

ガシャッ、という凄絶な接触音が響き渡る。

大型バイクは次から次へとハンドルを切り損ね、眞鍋第三ビルの壁に衝突した。煙の中、黒いライダースーツ姿の男たちが何人も吹き飛ぶ。

間髪を入れず、消防車が三台、轟音《ごうおん》とともに出現した。警備員や眞鍋組関係者は阻もうとするが危険だ。

消防車は第三ビルの正面玄関に突進した。

ドカッ、ドカーン、と凄まじい音とともに消防車が燃え上がった。後続の消防車にしてもそうだ。

ボンッ。

一気に火の海に包まれる。

これらはほんの一瞬の出来事だった。

清和の腕の中、氷川は瞬きをする間もない。

現実とは思えない光景が、スモークガラスの張られた車窓の向こう側に広がっている。警備員や眞鍋組構成員たちは消火活動を開始しようとしたが、消防車に火薬らしき危険物が積まれていたらしく火の回りが早い。最新式の設備が施されていなければ、この時点で眞鍋第三ビルの最上階まで火が届いていたかもしれない。

恐怖で人形のように固まっていたのは氷川だけだ。

「信司《しんじ》が水と油を間違《こぼ》えなきゃいいな」

ショウは独り言を零しつつ、何もなかったかのように車を走らせ、炎上した眞鍋第三ビルから離れる。助手席のリキは無言でスマートフォンを操作した。

「長江のファインプレーです。姐さん、怖い思いをさせて申し訳ない」

祐にいつもと同じ調子で言われ、氷川はようやく自分を取り戻した。

「……た、た、た、祐くん?」

今のは夢じゃないのかな、と氷川は言いたかったが、舌がもつれて動かなかった。身体の震えが止まらない。

「特別仕様の車ですから安心してください」

祐が自信たっぷりに言うと、氷川を抱いている清和も同意するように相槌《あいづち》を打った。走る核シェルター、と鋭い双眸で語っているような気がする。

「……そ、そ、そうじゃなくて……僕が聞きたいことはそういうことじゃなくて……今のは? 消防車でしょう?」

氷川が愛しい男の腕にしがみつきながら尋ねると、秀麗な魔女は称《たた》えるように言い放った。

「さすがというか、長江はなかなかおやりになる。長江組の消防車です。乗車していた兵隊は最初から命を捨てています」

長江組は消防車も所有しているのか。

消防車で特攻をかける戦闘兵も所属しているのか。

怖い、と氷川は改めて長江組の脅威に震え上がった。確認するまでもなく、長江組の最大のターゲットは眞鍋組の頂点に立つ男だ。

「……戦争反対」

氷川は愛しい男の腕を握り直して力んだが、端整な策士は明るい声音で言った。

「無理です」

「……被害者が増え続けるばかり……あ、救急車だ。よかった。第三ビルに向かっているんだよね？」

車窓の向こう側、人気《ひとけ》のない眞鍋組のシマにサイレンを鳴らしながら走る救急車が現れた。進行方向から察するに、炎上した眞鍋第三ビルに向かっている。氷川は負傷者が気になっていたから安堵《あんど》の息を漏らした。

「姐さん、救急車には詳しいはず」

「……え？　宇治くんが出てきた……救急車を止めた？　危ないから注意してっ」

突然、眞鍋組資本のキャバクラから宇治が飛びだし、救急車の前に仁王立ちになる。自殺行為だ。

救急車のアナウンスで注意されるが宇治はどかない。不動明王の如《ごと》き迫力で睨《にら》み据《す》えている。

「姐さん、落ち着いて」

「祐くん、落ち着いていられるわけがないでしょう」

「慌てる必要はありません」

「……あ、二階の窓にいるのは吾郎くん？　吾郎くんが銃刀法違反？　……か、鴨《かも》撃ちじゃないよね？」

眞鍋組資本のキャバクラの二階から、吾郎がライフルで救急車のタイヤを撃ち抜いた。

結果、救急車は停《と》まる。

宇治が停車した救急車に飛び込み、体格のいい救急隊員たちを引きずりだした。黒縁メガネをかけた救急隊員は抵抗したが、容赦なく蹴《け》り飛《と》ばす。

向かいにある焼き肉店からも、眞鍋組構成員たちが飛びだしてくる。その手には鉄パイプが握られていた。

一瞬にして、救急隊員たちと眞鍋組の大乱闘だ。

「姐さん、ここで鴨撃ちを口にするとは素晴らしい」

「……か、鴨撃ちの季節じゃなかったっけ？　……そんなことより止めて。救急隊員に暴力を振るうなんて最低だ」

「変装を見破るのがお得意のくせに、彼らが救急隊員に見えますか？」

祐に皮肉っぽく言われ、氷川は車窓の向こう側を凝視した。もっとも、すでに風景は変わり、救急隊員たちも宇治も眞鍋組構成員も見えない。クローズした風俗店が密集している一画だ。

「ひょっとして、偽の救急隊員だった?」

「間近で見れば、姐さんも見破ったはずです」

「……偽の救急車も偽の救急隊員も長江組?」

長江組は消防車だけではなく救急車も所有しているのか。氷川の驚愕《きょうがく》は長江組という巨大な組織に注がれる。

「そうです。長江組にしては珍しい戦法です。今回の東京進出担当者の頭に詰まっているのはオガクズではありません」

今回の東京進出担当者、という祐のイントネーションには微妙な感情が含まれていた。手強《てごわ》い相手には違いない。

「知恵が回る担当者なら休戦できる」

氷川にしてみれば命知らずの武闘派より交渉の余地があると踏んだ。

「儚《はかな》い夢は捨ててください」

「祐くんなら儚い夢も現実にできる」

「姐さんが仕事をやめて、籠《かご》の鳥になってくださるのならば考えます。毎日二十四時間、夢の中でも二代目のために過ごしてください」

今まで執拗に繰り返されたテーマを持ちだされ、氷川は白皙《はくせき》の美貌を引き攣らせる。ここで籠の鳥になっても恐怖で震えるだけだ。

「長江組との戦争を今すぐ終わらせてくれたら考えてもいい」

「姐さん、虚《むな》しい話し合いはやめましょう。時間の無駄です」

「落としどころがどこかにあるはずだからよく探して……あ、警察の検問？　こんな時間にこんなところで？」

進行方向に警察の検問を見つけ、氷川は真っ青になった。眞鍋組のシマが警察にマークされていることは確かだ。

けれど、車内の男は誰も動じない。

「姐さん、ご心配なさらず」

祐の言葉に応じたかのように、ショウは検問を蜃気楼《しんきろう》か何かのように無視した。わらわらと警察官たちが集まってきても、ブレーキを踏まない。

最終的に、警察官たちは氷川を乗せた車から慌てて距離を取った。

「……え？　……ショウくん？」

氷川は驚愕で後部座席からずり落ちそうになったが、すんでのところで清和の大きな手に支えられる。

ショウは検問のすべてを無視して、アクセルを踏み続けた。リキはポーカーフェイスで助手席の窓からパイナップル爆弾を落とす。

防弾ガラスの車窓が閉まった瞬間、パイナップル爆弾は爆発した。警察官たちが倒れ、パトカーが炎上する。

炎と煙の中、ショウは猛スピードで走り抜けた。けたたましいサイレンが鳴り響くが、パトカーや白バイは追ってこない。

「……リ、リ、リキくん？」

氷川が清和の腕を無我夢中で掴《つか》みながら声を上げると、助手席のリキではなく隣の祐が答えた。

「姐さん、長江組警察です」

「……い、い、い、今の偽警察官の偽検問？」

氷川が仰天して摺《ず》り落《お》ちそうになったが、清和の雄々しい手によって戻される。ショウが制限速度を無視しているから危険だ。

「そうです」

「……そっくりだったよ」

スモークガラスだったし、遠目だったし、注意深く観察したわけではないが、検問に不審な点はなかった。

「元警察官が多いから検問は得意でしょう」

祐が揶揄《やゆ》するように言うと、車内には警察という組織に対する嘲笑《ちょうしょう》が流れた。中でも氷川を支えている不夜城の覇者の警察に対する内心は辛辣《しんらつ》だ。

「……え？　元警察官が長江組構成員？」

氷川が裏返った声で尋ねると、祐は長江組のテクニックを絶賛した。

「眞鍋も長江組の新人勧誘は見習わなければならない。長江のスカウトマンなら、明日にでも京介《きょうすけ》を長江組の部屋住みにするでしょう。半年後は極秘戦闘部隊に組み入れるはず」

「……消防車から救急車からパトカーから警察まで長江組……道端で酔っぱらっているサラリーマンやカラスも長江組関係者に見えてきた」

車窓の向こう側には眞鍋組が牛耳る街が広がっているが、いったいどれくらい長江組に侵食されているのだろう。ランジェリーパブやセクシーキャバクラの前で寝ている若いサラリーマンたちが長江組関係者に見える。

「道端で寝ている男も女もゴミを漁《あさ》っているカラスも鼠《ねずみ》も長江組関係者だと思っていてください。行きつけのカフェやレストランのマスターも長江組関係者になっているかもしれません」

長江組の誘惑は眞鍋組が懇意にしている飲食店に及んでいるかもしれない。それこそ、清和贔屓《びいき》のステーキハウスの店主が長江組の手先になっている可能性がある。つい先日、卓《すぐる》と一緒に朝食を買いに行った老舗《しにせ》喫茶店の店主も氷川の瞼を過《よぎ》った。そんなことはない、と断言できないのが人の世だ。

「清和くんの舎弟さんはみんな、清和くんの舎弟さんだね？」

長江組の魔の手がいったいどこまで及んでいるのか、考えれば考えるほど、氷川は恐ろしくなる。疑ってはいけない眞鍋組構成員にまで疑惑の目を向けてしまった。

ピクリ、と氷川が縋《すが》るようにしがみついている清和の身体が動く。どうやら、眞鍋の昇り龍の懸念でもあるようだ。

「姐さん、いい質問です。昨夜からの攻撃を許した原因が判明しました。眞鍋の男がハニートラップに引っかかって長江の手先になっていました」

祐はいっさい動じず、あっさりと眞鍋組の内情について明かした。仕方がない、と諦《あきら》めているフシがある。

「……裏切られていたの？」

「金と女と麻薬がこの世にある限り、裏切りは無限です」

眞鍋が誇る策士の痛烈な一説は、現代を如実に表現している。どんな聖人であれ、惑わされる三大要因だ。

「……そんな」

「長江に通じている舎弟が何人いても、二代目と姐さんは必ずお守りします。安心してください」

俺を含めて車内にいる男たちは魂を売らない、と祐は言外に匂わせている。癖のありすぎる策略家にしては珍しい。

「必ず、清和くんを守って」

「元より、そのつもりです」

「祐くんもショウくんもリキくんも……みんな、無事でいて」

「俺は長生きする予定です」

「うん、諒爺ちゃんと祐爺ちゃんは縁側で日向《ひなた》ぼっこをしよう。今日の思い出話をするんだ。お茶と茶菓子は清和爺ちゃんとリキ爺ちゃんに用意してもらう」

あの頃は大変だったたね、と今日を思い出として語る日がやってくると信じる。氷川は妄想力を逞しく発揮させた。

「畏《かしこ》まりました」

「ショウ爺ちゃんには京介爺ちゃんと一緒に詩吟を披露してもらう」

「姐さん、京介はともかくショウに詩吟はどうでしょう」

「いくらショウくんでもショウ爺ちゃんになったら詩吟ぐらい嗜《たしな》んでいる……と思う」

氷川が希望的観測を述べると、当のショウ本人が信号を右折しながら口を挟んだ。

「姐さん、詩吟ってどんな饅頭《まんじゅう》っスか?」

「ショウくん、お饅頭じゃない」

「詩吟っていう煎餅《せんべい》っスか?」

「食べ物から離れて」

「詩吟ってどんな女っスか?」

「どうしてここで女性が出てくるの」

あっという間に、夜が明けていた。今日の晴天を表すかのような朝陽《あさひ》はスモークガラス越しでもわかる。

だが、眞鍋組の夜は明けない。それなのに、眞鍋の龍虎コンビも魔女も韋駄天《いだてん》も平然としていた。

恐怖に苛まれているのは氷川だけだ。

5

眞鍋《まなべ》組のシマの騒動が嘘《うそ》のように、桐嶋《きりしま》組のシマは静まり返っていた。目につくのは道端で寝ている若い泥酔者とカラスぐらいだ。もっとも、桐嶋組総本部には組長以下、強健な構成員たちが勢揃《せいぞろ》いしていた。

ショウが車寄せでブレーキを踏めば、白いスーツを身につけた藤堂《とうどう》が後部座席のドアを開けた。

清和《せいわ》が鋭敏な目を細めて車から降りたが、かつての宿敵と挨拶《あいさつ》を交わしたりはしない。リキにしてもそうだ。

張り詰めたような空気が辺りに流れている。

けれど、氷川《ひかわ》が車から降りると一変した。

「姐《あね》さんの忠実な舎弟でごわす」

桐嶋の第一声に、氷川は頬《ほお》を緩ませた。

「桐嶋さん、お世話になります」

「姐さん、ええ時に来てくれたわ。ちょっと困ったことになっとんのや」

「長江《ながえ》組構成員がうるさいんだね。僕も一緒に追い払ってあげる。桐嶋さんはもう長江組の構成員じゃないんだから無視していい」

氷川が真剣な顔で勢い込むと、桐嶋は手を小刻みに振った。

「ちゃう。アニキと嫁さんの話や」

桐嶋が言う『アニキ』とは剣道で高名な高徳護国《たかとくごこく》流の次期宗主である高徳護国晴信《はるのぶ》だ。眞鍋の虎《とら》の異母兄にあたる。

「アニキって日光《にっこう》の晴信くん？」

氷川が桐嶋と晴信を引き合わせてしまったが、予想以上に気が合ってしまった。立場を越え、親交を深めているらしい。以前、眞鍋組の凄絶《せいぜつ》な修羅に巻き込まれた桐嶋組窮地の時、晴信は日光から駆けつけて応戦した。氷川にしてみれば、複雑な気分だ。

「せや、湯葉が美味《うま》い日光の高徳なんとかなんとかっちゅう偉いアニキのことや。嫁さんに白無垢《しろむく》も着せてへんのに可愛《かわい》い男の愛人を持ったんや、って。嫁さんも認めたのに、可愛い男の愛人が東京に逃げてもうたんやて。アニキは男の愛人が諦《あきら》められなくて苦しいみたいや。寝ても覚めても男の愛人のことばかり考えているんやて。メシも喉《のど》を通らへんらしいわ……痩《や》せて竹刀《しない》も握れんようになったとか、そろそろ箸《はし》も重くなったとか……オフクロさんが長刀《なぎなた》を振り回してごっつい怖いんやて……ほんで、楓《かえで》もビビッてもうて初夏なのに楓がひらひらしとうねんて……アニキは楓になったんやて……」

桐嶋が呆《あき》れたようにつらつら語る晴信に、氷川は白い頬《ひ》を引き攣《つ》らせた。爽《さわ》やかな外見とは裏腹に、晴信は気が遠くなるぐらい癖がある。

「桐嶋さん、よくわからないけれど、晴信くんのその話は全部嘘だと思う。非の打ちどころのないお嫁さんから逃げ回る口実だ」

氷川が頬を紅潮させて言い切ると、桐嶋もコクリと頷《うなず》いた。

「姐さんもそう思うんやな」

「当たり前だ。あの晴信くんだよ」

人の皮を被《かぶ》った餓鬼が闊《かっ》歩《ぽ》する現代、晴信は熱い心を持つ最高にいい男なのだが、一筋縄ではいかない。鬼神と称《たた》えられた異母弟を溺《でき》愛《あい》するあまり、どこかのネジが完全に外れている。氷川は横目でリキを見た。

いつものように眞鍋の虎は冷静沈着だ。異母兄に対する感情は読み取れないが、腸《はらわた》が煮えくり返っているに違いない。

氷川と桐嶋が同時に溜《た》め息《いき》をつくと、祐《たすく》が躊《ため》躇《ら》いがちに口を挟んできた。

「……桐嶋組長、時間がありません。姐さんを頼みました」

「……ああ、祐ちん、任せてぇな。姐さんは俺とカズでばっちり守るで」

桐嶋が任せろとばかりに自分の胸を叩《たた》くと、清和が真《ま》っ直《す》ぐな目で言った。

「桐嶋の、頼む」

口下手な清和の短い言葉に、桐嶋は屈託のない笑みを浮かべた。

「眞鍋の、任せてぇや。ほんで、長江がどんな噂《うわさ》を流してんのか知らんけど、俺は姐さんの忠実な舎弟や。それだけは覚えとってな」

長江組の情報操作により、下世話な噂が流れているようだ。桐嶋の背後に並んでいた桐嶋組構成員たちに動揺が走る。もしかしたら、桐嶋の舎弟たちも惑わされているのかもしれない。

「ああ」

「俺は姐さんの舎弟やから、姐さんのダーリンを泣かせたりはせえへんで」

ガシッ、と桐嶋は清和の逞《たくま》しい肩を抱いた。

「知っている」

清和も桐嶋の雄々しい肩を抱き返した。眞鍋の昇り龍がこうやってストレートに情を示す相手は滅多にいない。

「俺、姐さんに命を捧《ささ》げとうから、畏《おそ》れ多《おお》くて商売道具が役に立たん」

桐嶋が眞鍋組二代目姐に絡めてこういったことをわざわざ口にするのは珍しい。察するに、桐嶋が眞鍋組二代目姐と肉体関係を結んだという噂が、いかにも真実のように流れているのだろう。桐嶋の長江組時代の姐レイプ疑惑が晴れていないから、いくらでも噂が立てられるはずだ。

よりによって僕と桐嶋さん、と氷川は長江組の下世話な情報操作に苛立《いらだ》ったが、清和は

ポーカーフェイスで応じた。

「わかっている」

「眞鍋の、妬《や》いてもええんやで。姐さんはすべてを捨ててもいいほどの別嬪《べっぴん》さんや。俺も姐さんがよろめいてもおかしゅうないイケメンやろ」

桐嶋がにぱっ、と笑えば、清和も切れ長の目を意味深に細める。言葉は返さないが、楽しんでいることは伝わってくる。

ふたりはどちらからともなく真正面から真っ直ぐに見つめ合った。

「カズは俺の嫁さんや。それも忘れんとってな」

桐嶋が耳打ちするように言うと、清和は低い声で答えた。

「……ああ」

「カズも姐さんの舎弟や。そう思ってぇな」

「わかっている」

「短気は損気やで」

伝説の花桐《はなぎり》の息子が茶化したように注意すると、眞鍋の昇り龍は不敵に口元を緩めた。

「それはそっくりそのまま返す」

「言いよったな」

がはははは〜っ、と桐嶋は豪快に笑うと、清和の肩を勢いよく叩いた。同じように清和も肩を叩き返す。

傍らでは、祐と藤堂が目で挨拶をしていた。スマートな参謀と紳士の間には妙な空気が流れている。

もっとも、どちらものんびりしていられない。

清和は恋女房に一瞥《いちべつ》もくれず、仏頂面で銀のメルセデス・ベンツに乗り込んだ。ショウやリキ、祐が一礼して続く。

果たせるかな、不夜城の覇者を乗せた車はあっという間に朝靄《あさもや》の中に消えていった。カラスがゴミ山の前で鳴いている。

「清和くん、僕をチラリとも見なかった」

氷川が独り言のように零《こぼ》すと、桐嶋は揶揄《やゆ》するように笑った。

「姐さんに泣かれそうでいややったんやろ」

色男も大変なんや、と桐嶋は歌うように言いながら総本部内に進む。藤堂に視線で促され、氷川も続いた。

「こんなところで泣かない」

泣いて止めても無駄だと思い知った。そんな気分だ。可愛い幼馴染《おさななじ》みが極道だと改めて実感する。

「姐さんに泣かれても、今はよう慰められへんわ。俺もごっつい大変なんや。泣かんとってな」

「長江組の攻撃が大変なんだね？」

桐嶋は元長江組構成員だったし、藤堂は極道としての最後の戦いで長江組の傘下に入っている。双方、長江組には並々ならぬ因縁があった。長江組にとって桐嶋と藤堂は、東京進出のために欲しい駒《こま》だろう。

「オカマたちの襲撃……ちゃう、お姉さんたちの衝撃がごっついんや。なんで、女のかっこしとんのにあないに強いんかな？」

オカマ、と桐嶋が愚痴のように零した瞬間、背後に控えていた桐嶋組構成員たちから悲鳴に似た声が漏れた。特に若い構成員の顔色がすこぶる悪く、今にもその場に倒れそうだ。

「……オカマ？　ひょっとして、闇《やみ》医者の綾小路《あやのこうじ》先生たち？」

オカマと桐嶋を合わせて考えたら、先日の、ホストクラブ・ジュリアスでのリキを巡る大騒動を思いだす。不夜城で闇病院を営んでいる綾小路から著名なデザイナーまで、リキに恋い焦がれる者たちが集結したが、ひどいなんてものではなかった。氷川は藤堂やナンバーワンホストの京介《きょうすけ》に守られて避難したが、その夜のジュリアスは阿鼻叫喚《あびきょうかん》のプロレス会場と化したらしい。

「そや、眞鍋の虎に惚《ほ》れたお姉さんたちや」

「ひょっとして、ジュリアスの騒動がまだ続いている？」

「そんなん、虎の下半身事情がどうなっとんのか、解明されてへんからな。サツの氷姫とのラブホ事件と可愛い館長への初恋疑惑が成長して、タイのオカマコンテストにも影響しそうや」

恋や愛を徹底的に拒絶している修行僧の初スキャンダルに驚愕《きょうがく》した。氷川は今でも信じられないが、楊《よう》一族の幹部からも聞いている。

「……そういえば、リキくんの件、聞くのを忘れていた……そんな余裕がまったくなかったけど……」

氷川が呆然《ぼうぜん》とした面持ちで呟《つぶや》くように言うと、桐嶋も腕を組んだ体勢で大きな息を吐いた。

「そうなんや、俺も虎ちんに聞く暇がないねん。今も聞く前に帰ってもうた」

「リキくんにそんな雰囲気は全然ない」

「そやろ。いつもの虎ちんや」

「ジュリアスのオーナーはなんて言っているの？」

色恋に関しては、手っ取り早くプロの中のプロに聞いたほうがいい。カリスマホストとして頻繁にメディアに取り上げられている京介でも、鋼鉄の朴念仁の恋に関しては見当がつかないと兜《かぶと》を脱いだ。

「オーナーが風邪をひいて寝込んだみたいや」

「オーナーが風邪で寝込んだの？」

時節の変わり目と言ってしまえばそれまでだ。朝はそうでもないが日中は真夏のように暑く、日が暮れたら激しく気温が下がる。一日の寒暖差が大きく、氷川の勤務先にも体調を崩した患者が多い。夏本番前によくある光景だが、オーナーと風邪が結びつかない。

「オーナーは周りがインフルエンザでバタバタ倒れても、周りが食中毒でのたうち回っても、ピンピンしとったらしいわ。ああ見えて、健康オタクなんや。鬼の霍乱《かくらん》、ってホストの奴《やつ》らはみんな、ビビっとうで」

桐嶋の顔色から察するに、オーナーの風邪には裏がありそうだ。

「京介くんは無事だよね？」

「今、京介ちんとマネージャーでジュリアスを回しとうみたいや。昨夜、長江の兄さんが京介にドン・ペリをポンポン抜くんで、ショウちんがブチ切れたで」

「……え？　長江組は京介くんを取り込もうとしているの？」

長江組の手がホストにまで及んでいると知り、氷川は驚きと恐怖で下肢を震わせた。京介は単なるホストではなく、ショウや宇治《うじ》の暴走族仲間であり、今までに幾度となく眞鍋組の修羅に関《かか》わってきた。本人は眞鍋組のみならずヤクザを毛嫌いしているし、熱心なスカウトも無視しているが。

「たぶん、長江組はジュリアスのオーナーを誘惑したかったんやろな。けど、風邪で寝込んどうから、京介ちんにターゲットを変えたんやろ」

眞鍋組のシマを狙《ねら》っているのならば、ホストクラブ・ジュリアスのオーナーを手中に収めたほうが賢明だ。たぶん、情報操作も上手《うま》くいくだろう。

だが、ジュリアスのオーナーは橘高《きったか》に恩義があるらしく、眞鍋の不利になるようなことには加担しない。けれども、長江組関係者が客として入店したら、年季の入った王子様スマイルで接客しなければならない。

「ジュリアスのオーナーは仮病？」

氷川がズバリ指摘すると、桐嶋はにんまりと笑った。

「……そうなんや。オーナーの仮病説が根強いんや。ほんで、お姉さんたちの怒りが俺に向かって飛んでくるんや。俺の前で虎ちんを巡るデスマッチが行われても困るで」

そういう巡り合わせだったのか、誰かがそう仕組んだのか、真相は謎《なぞ》だが、不条理な怒りが桐嶋に向けられている。

「オカマさんたち……じゃない、お姉さんたちはどうしてリキくん本人のところに行かないの？」

氷川が素朴な疑問を投げると、桐嶋は腹立たしそうに髪の毛を掻《か》き毟《むし》った。

「そんなん、虎ちんにそんな隙《すき》があるかいな」

「……あ、今はリキくんにそういった余裕もないよね。僕も気になっていたんだけど……本当のところ、どうなんだろう?」

氷川が思案顔で考え込むと、桐嶋は苦虫を嚙《か》み潰《つぶ》したような顔で低く唸《うな》った。

「……う〜ん、ううう〜っ。アニキが愛人にしたいってほざいとう可愛い男ちんが虎の初恋疑惑相手の館長なんや。兄弟揃って、スズランみたいな可愛い先輩剣士がお気に入りやったんやな」

虎の初恋話に兄が絡んできている。わざと兄が虎の初恋に絡んできたのだろうか。初恋相手が兄の愛人になればいくら虎でも平静ではいられない。……かもしれない。……いや、虎の初恋相手という疑惑付きの可憐《かれん》な館長は、宋《そう》一族の頭目に捕食されていると聞いた。いったい何がどうなっているのだろう。

そもそも、本当に可憐な館長が虎の初恋相手なのか、その疑惑の真相も明らかにされていない。

「……なんか……無茶苦茶になっている? きっと晴信くんが無茶苦茶にしているんだと思う」

すべてのシグナルが往生際の悪い高徳護国流の次期宗主に向いているような気がした。

「姐さんもそう思うんやな?」

「うん。あの晴信くんだから」

「アニキがこっちに来たがっとうねん」

おそらく、見張りが厳しくて晴信は日光から脱出できないのだろう。それゆえ、弟分の桐嶋にサポートを求めているのに違いない。

「絶対に駄目」

「わかっとう。虎ちんに撃ち殺されるわ」

「ありえる」

「あの兄弟はなんとかならへんのかいな」

高徳護国流を分裂させないため、剣道の申し子と謳《うた》われた次男坊は出奔した。紆余曲折《うよきょくせつ》あり、自分を庇《かば》って死んだ松本力也《まつもとりきや》として生きている。警察や検察、自衛隊には高徳護国流で剣道を学んだ関係者が多く、眞鍋の虎が鬼神だと密《ひそ》かに知られているし、高徳護国流宗主夫妻も長老たちも納得しているはずだ。それなのに、肝心の長男が次期宗主の座を弟に譲ろうとしている。晴信自身、誰からも認められる堂々たる剣士だというのに。

「問題は晴信くんでしょう」

氷川は往生際の悪い次期宗主が腹立たしくてたまらない。

「虎ちんもあかん。一番あかんのは虎ちんや」

「僕はリキくんが一番悪いとは思わない。要は晴信くんだ」

「うんにゃ、とどのつまり、虎ちんがあかんのや。虎ちんのかっこつけが諸悪の根源や。

人の心の勉強をせなあかん」

桐嶋が高徳護国流宗主の次男坊を非難すると、なんの前触れもなく、野太い声が響き渡った。

「そこの元竿師《さおし》、アタシのリキの悪口を言うなんていい度胸ねーっ」

いつの間にいたのか、氷川と桐嶋の背後にはメイド姿の綾小路が仁王立ちで立っている。

その場にいた桐嶋組構成員たちからいっせいに悲鳴が上がった。きゃーっ、とどこかの乙女のようだ。

「……あ？　あらら〜っ？　メイドさん、どうしてこんなところにおるんや？」

桐嶋が人好きのする笑みを浮かべると、綾小路は周囲をきょろきょろと見回す。なかなかツインテールの揺れが激しい。

「アタシのリキが来ている、って聞いたのよ」

「リキちんはおらんで」

「嘘をついても駄目よ。確かなルートから仕入れたの」

むんずっ、と綾小路は桐嶋のシャツの襟首を摑《つか》んだ。桐嶋組の若手構成員たちが可憐な少女のような悲鳴を上げて逃げていく。誰ひとり、仕えている桐嶋組初代組長を助けようとはしない。

「いったいどこのルートや？」

桐嶋は首を絞め上げられても動じず、宥《なだ》めるように手を振った。

「琴晶飯店《きんしょうはんてん》のダイアナよ」

「……あ、ダイアナか〜っ。さすが、ダイアナやけど、惜しいわ。ついさっきほんのちょっと立ち寄っただけなんや」

「隠しても無駄よ」

ギリギリギリギリッ、と綾小路は桐嶋の襟首をさらに激しく絞め上げる。

氷川は思いきり困惑したが、隣に立つ藤堂はいつもと同じように悠然としていた。そこだけ涼やかな風が吹いているようだ。

「……うぅぅぅ……隠してへん。第一、あんなごっついのどうやって隠すんや……頼むわ、ちょっと力を緩めてぇな……」

桐嶋が苦しそうに呻《うめ》いた時、耳をつんざく怒声《どせい》が聞こえてきた。

「桐嶋組長、リキはどこーっ？」

雄々しい青年がバニーガール姿で飛び込んだ瞬間、桐嶋の腕がふるふると震えた。

「……どわっ、キャロライン？」

「リキがここで初恋の相手と密会してる、って聞いたの。リキはどこにいるのーっ？」

ドスッ、とキャロラインと呼ばれたバニーガール姿の男性が桐嶋の股間《こかん》を勢いよく蹴《け》り上《あ》げた。元竿師の精悍《せいかん》な顔が無残にも崩れる。

「……うっ……うぉぉぉぉぉ～っ、俺の大事なひとり息子……たったひとりしかおらへん息子やねんで……」

カツカツカツカツカツカツッ、と何名ものハイヒールの靴音が近づいてきた。全員、男として産声《うぶごえ》を上げた女性たちだ。

「桐嶋組長、リキがここでオヤジ館長と乳繰り合っているんでしょう。聞いたわよ。どうしてアタシがいるのにそんなセッティングをするのーっ？」

チアガール姿のニューハーフがポンポンを手に怒鳴ると、ＣＡ姿のニューハーフも甲高い大声で叫んだ。

「桐嶋組長、魔性の男が私のリキを誘惑したの？」

「桐嶋組長、アタシの愛《いと》しいリキが眞鍋の姐さんに横恋慕したって聞いたわ。どういうことよーっ」

「リキが眞鍋の姐さんをレイプしたのね？　なんで、リキは私がいるのに眞鍋のオヤジ姐をレイプするの？　桐嶋さんは長江組組長の姐さんをレイプしたんだから、眞鍋の姐さんもレイプしなさいよーっ」

「桐嶋組長、やっぱりリキはイ○ポじゃなかったのね。嘘つきーっ」

ジュリアスの狂乱が再び繰り返されるのだろうか。迫力満点の女性たちが目の色を変えて、桐嶋組の頂点に立つ男に迫る。

桐嶋は攻撃を受けた股間を手で押さえながら掠《かす》れた声で言った。

「……お、おっしゃ、みんな、まとめてガセネタに引っかかったみたいや。ガセネタの出所はいったいどこやーっ？」

桐嶋の大号令でも迫力満点の集団の錯乱は鎮まらない。涙目で逃げる桐嶋組の構成員たちが相次ぎ、もはや誰も残ってはいない。

藤堂が絶妙な立ち位置にいるから、氷川の姿は迫力満点の集団から見えないらしい。けれど、ちょっとした拍子で誰かの目に留まるだろう。それこそ、桐嶋に替わって二代目姐が囲まれるはずだ。

「姐さん、危険ですから避難しましょう」

藤堂にさりげなく誘導され、氷川は躊躇いながらもそっと続いた。

「……と、藤堂さん？」

「関わらないでください」

「……関わりたいとは思わないけれど、いったいあれは何？」

藤堂の巧みな誘導のおかげで、氷川は興奮した集団に気づかれないように離れられた。

瞬く間に、極道色がない部屋に通される。氷川を迎えるための定番アイテムと化している
カサブランカのアレンジメントが、繊細な細工が施されたテーブルに飾られていた。傍ら

のワゴンにはポットやティーカップ、英国王室御用達《ごようたし》の紅茶の缶やメイズ・オブ・オナーを盛った皿がある。

「藤堂さん、彼たち……じゃなくて彼女たちはどうして？」

氷川がどっしりとしたソファに腰を下ろすと、藤堂が英国王室御用達の紅茶を淹《い》れた。ベルガモットのほのかな香りがいい。

「眞鍋組は戦争中です。どんな噂が飛び交うか、予想できません」

藤堂に温和な口調で言われ、氷川は今さらながらに気づいた。

「長江組の情報操作？」

「ほかの組織の情報操作も混じっているでしょう」

不夜城を狙っているのは長江組だけではない。長江組と眞鍋組の抗争による漁夫の利を画策している暴力団や闇組織がいるだろう。

「宋一族とか？」

香港《ホンコン》の楊一族も危険視している九龍《クーロン》の大盗賊が、氷川の神経に引っかかっている。

「宋一族の可能性は否定できません」

「藤堂さん、何を掴んでいる？」

藤堂はいつもと同じように紳士然としているし、なんの違和感もないが、氷川はどうも釈然としない。

「改まってどうされました?」

「藤堂さんは何も知らないような顔をして、なんでも知っている。清和くんたちが知らない裏も摑んでいる」

氷川は上目遣いで言ってから、ティーカップに注がれた紅茶を飲んだ。医局にあるティーバッグの紅茶とはまるで味が違う。どちらかといえば、コーヒー党の氷川にも明確にわかった。

「買い被りです」

藤堂にこれ以上ないというくらい優雅に微笑《ほほえ》まれ、氷川はまじまじと見つめ返す。自分の直感を信じた。

「……その様子だと今回の抗争も止める手段を知っている?」

氷川が身を乗りだすと、藤堂は落ち着かせるように手を振った。

「姐さんの大切な男は骨の髄まで極道です。止めても止まらない」

誰よりも可愛い男が誰よりも壮烈な極道だと、今までに幾度となく耳にした。正直、氷川は認めたくない。ただ、今回の抗争を止められないことは感じていた。けれど、藤堂が裏で動いてくれたら新たな局面が迎えられるのではないか。

氷川はかつての清和の宿敵に一縷《いちる》の望みをかける。もし、藤堂が舎弟に恵まれていれば、現在いる桐嶋組総本部は藤堂組総本部のままだった。清和も自身と藤堂の実力の差を公言している。

「桐嶋さんや藤堂さんには長江組からコンタクトがあるんだよね？」

桐嶋と長江組の関係はいろいろと複雑だ。藤堂は藤堂組組長として最後の戦いを清和に挑む際、長江組の傘下に入っている。その時、竿師だった桐嶋を助けるため、藤堂は長江組を裏切った。

氷川の問答無用の荒技で藤堂組を解散させ、藤堂は一般人になり、忽然《こつぜん》と行方をくらました。桐嶋組の看板を掲げた桐嶋のためという見方が大きいが、裏切った長江組の報復も懸念したのかもしれない。それだけ、激烈な長江組は脅威だ。

「あります」

「脅迫されている？」

「俺はカタギになりましたから脅迫はありません」

伝統の長江組は仁義を掲げる任俠《にんきょう》団体だ。表向き、一般人に脅迫など、決して許されない。……許されないことになっているが。

「……なら、和平交渉してください」

氷川が意志の強い目で言うと、藤堂は瞬きを繰り返した。

「驚きました」

「昨夜は八人、亡くなったと聞きました。もう誰も失いたくない」

氷川は口にしただけで辛《つら》くて胸が張り裂けそうだ。これ以上、被害者を増やしたくなかった。

「実際、眞鍋の男はそれ以上、始末されています」

何か思うところがあったのか、藤堂は英国紳士のようなムードで眞鍋組の被害状況を明かした。

「……やっぱりそうなんだ」

誰も被害について漏らさなかったが、そんな予感はあったのだ。反射的に黒目がちな目が潤む。

「眞鍋も乗り込んできた長江の男を始末しています。数だけでいえば、長江の被害者数のほうが多い」

一瞬、氷川は何を言われたのか理解できず、涙目で聞き返してしまった。

「……え？」

「眞鍋も長江も極道のメンツにかけ、引いたりはしない。和平交渉もない。覚悟を決めてください」

藤堂はワインの話でもするように今後の見解を述べると、白いティーカップに手を伸ばした。

「長江組構成員が眞鍋組総本部に殴り込んだ？　それで眞鍋組が返り討ちにした？」

「いずれ、ダイナマイトを腹に巻いた長江の男が眞鍋組総本部や眞鍋第三ビルに殴り込むでしょう」

氷川が恐怖で声を失うと、藤堂は艶然《えんぜん》と微笑んでからサラリと言った。

「それより前に、ダイナマイトを腹に巻いた眞鍋の男が長江組総本部や長江組所有のビルに殴り込むでしょう」

「……と、止めてっ」

思わず、氷川はその場に立ち上がった。どういうわけか、カーテンの隙間から差しこむ朝陽《あさひ》の眩《まぶ》しさが辛い。

「無理です。橘高顧問や舎弟頭がヒットマンに立候補しているそうです」

藤堂が泰然として明かす事実に、氷川は生きた心地がしない。昔気質《むかしかたぎ》の武闘派が長江組に飛び込む場面が容易に想像できる。

「……橘高さんと安部《あべ》さんがダイナマイト係？　……や、あのふたりならやりそう……駄目……絶対に駄目だっ」

「支倉《はせくら》組長を奪われたようなものですから、寛厚《かんこう》な橘高顧問も怒ったそうです」

度量の広い橘高は滅多に感情を爆発させたりはしないが、大切な兄貴分を亡くし、武闘派としての血が騒いだのかもしれない。察するに、清和や祐などが、必死になって止めているはずだ。

「……そ、その……橘高さんは支倉組の若頭に報復したのでしょう？　それで終わったんだよね？」

支倉組長を裏切っていた若頭の後藤田《ごとうだ》は長江組の幹部と繋《つな》がっていた。橘高は親殺しの大罪を犯した若頭を成敗したらしい。その場がモニター画面に映しだされたが、氷川は若頭が始末された姿は見なかった。

「その質問にはお答えしかねる」

聞いてはいけません、と藤堂の涼やかな目は雄弁に語っている。芦屋《あしや》出身の名家の令息からは静かな迫力が醸しだされた。

「……その……」

「支倉組の若頭も裏切りたくて裏切ったわけではない。それだけ支倉組の経済状況が悪いのです」

「それは聞きました。ただ今はどの暴力団も苦しいと聞きました」

「そうです。だから、不景気にも拘《かか》わらず、シノギを叩きだしている眞鍋組が狙われる。長江組も経済状況は芳しくありません」

長江組の資金力の強さはメディアでも取《と》り沙汰《ざた》されている。意外な事実を聞き、氷川は首を傾《かし》げた。

「経済状況が悪いのに、抗争する資金はあるの？」

「経済状況が悪いからこそ、東京に進出し、眞鍋のシマがほしい。切羽詰まった内情がある模様」

「長江組の組長は桐嶋さんを見捨てた組長だよね？」

氷川が清楚《せいそ》な美貌《びぼう》を強張《こわば》らせて聞くと、藤堂は苦い笑いを浮かべた。

「姐さん、その表現は控えましょう」

「自分の奥さんが悪いのに、桐嶋さんに罪をなすりつけた組長でしょう？　大原《おおはら》組長と美玖《みく》さんだよね？　以前、祐くんがチラリと言っていたけれど、いざとなれば、脅迫材料になるはず」

いい極道の条件としていい女房が挙げられる。どんなにいい極道でも、陰で支えてくれる女房がいなければ立ちゆかないのだ。眞鍋組初代組長も橘高も妻の支えがあったから、一角《ひとかど》の極道として名を轟《とどろ》かせた。大原は日本全国津々浦々に至るまで名が通った極道だが、唯一の弱点が女房だという。最初の妻には死なれ、二度目の妻にはいきなり逃げられ、三度目にもらった若い妻は桐嶋に汚名を着せた。今も何食わぬ顔をして姐として大原組長の隣にいるらしい。

「当時の大原組長は若頭でしたが、大勢の舎弟を預かる立場でした。長江の看板のため、自身の妻を追及できなかったのです。元紀《もとき》は納得していますから、触れないでください」

一度たりとも、桐嶋が大原組長や美玖に対する愚痴を零したことはない。そもそも、汚名の真相も桐嶋から明かしたわけではない。

「僕は今でもイライラしています。今でも桐嶋さんが悪いように言われているでしょう」

「姐さん、相変わらずお優しい」

「今も大原組長、直々にコンタクトがあるの？」

「大原組長も後ろめたいのか、直《じか》に連絡はありません。ただ、若頭補佐からはあります」

「若頭補佐？」

氷川は初めて聞く事実に身を乗りだした。眞鍋の男たちは氷川の前で長江組の内情について会話しない。

「長江組の組長、若頭に次ぐ三番目の実力者です。そして、東京進出の責任者です」

長江組は日本最大規模を誇る巨大な組織だから、大幹部が何人もいて当然だ。氷川は初めて長江組の三番手が眞鍋組の敵だと知る。

「どんな人？」

氷川は洒落《しゃれ》たデザインのチェストにあるｉＰａｄを指で差した。くどくど言わなくても、藤堂は操作し、画面に長江組の若頭補佐を出す。名前は吉沢小五郎《よしざわこごろう》、出身地は明石《あかし》、十八歳で大原組長の盃《さかずき》をもらったという子飼いの構成員だ。陰湿そうな目と猪《いのしし》のように太い首が妙にミスマッチで、左耳の下部が欠損していた。

「武闘派揃いの長江組幹部の中では比較的穏健派ですし、知略に富んでいますから、情報戦を重視して、チンピラや密入国の不良外国人を駆使します」

従来の長江組の戦争の仕方ではない。英国紳士のムードを漂わせた元ヤクザは暗に匂《にお》わせている。

「穏健派の若頭補佐でなければ、今朝、眞鍋組にダイナマイトを巻いた兵隊が殴り込んでいた？」

「昨夜のうちにダイナマイトを腹に巻いた男たちが、眞鍋組総本部や眞鍋所有のビルに飛び込んでいたでしょう」

昨夜、眞鍋第三ビルで何があったのか、藤堂は摑んでいるようだ。長江組にしては控えめな襲撃だと示唆している。

「……う、それは眞鍋組にとってよかった？」

「命がけの大戦争ならば眞鍋も強い。ただ長期戦になれば、勝敗は明らか……」

藤堂の言葉を遮るように、氷川はきつい目で言った。

「命がけの大戦争は駄目だ。どうしたら、大戦争を止められるか教えてください」

「眞鍋組が解散したら戦争は終わります……が、無理でしょう」

藤堂は途中まで真顔で言いかけたが、ふふっ、と楽しそうに笑った。眞鍋の昇り龍の苛《か》烈《れつ》さを身に染みて知っている。

「できるものなら、とっくの昔に僕がしている」

「長江組が解散したら戦争は終わります」

藤堂は艶然とした態度で言ってから、画面の画像を替えた。組長である大原についての一般的なデータが現れる。先代や先々代のような派手な逸話はないが、名古屋《なごや》の暴力団との戦争時における武勲は今でも語り草だという。いかにもといった迫力満点の極道で、在りし日の桐嶋が舎弟になってても不思議ではない。

「……無理だよね？　長江組って日本で一番強いヤクザだよね？」

「組織力や資金力など、総合的な見地からしても国内一の巨大組織です。組長のヒットに成功しても、新しい組長によってさらに激しい敵討ちがある。大原組長を消しても若頭の平松《ひらまつ》が組長に立つ」

荒っぽい平松が長江のトップに立ったほうが危険です、と藤堂は慣れた手つきで操りながら続けた。

画面の画像は大原組長から武闘派だという若頭の平松蔵重《くらしげ》に替わる。先代の組長の盃を受け、もともと、大原の弟分にあたるらしい。長江組は兵隊の代わりがいくらでもいるように、組長の代わりがいくらでもいる。言い替えれば、それ相応の極道が大勢いる巨大な組織だ。不景気で台所が苦しくなったといっても、もともとの資本金が違うし、その気になればいくらでも集金できる。一時、メディアで騒がれた巨額詐欺事件の黒幕も長江組だという噂だ。海外にも積極的に進出し、勢力を伸ばしているという。

「もうちょっと現実的な止め方を教えてほしい」

氷川が胡乱《うろん》な目で言うと、藤堂は菩薩《ぼさつ》のように微笑んだ。

「密教僧に長江組を呪《のろ》ってもらいましょう」

「藤堂さんでも冗談を言うんだ」

氷川がそんなところで感心すると、藤堂は伏し目がちに言い切った。

「それぐらい現実的に戦争を止めるのは無理です」

「藤堂さんや祐くんが知恵を絞ったら手はあるよね？」

氷川が真摯《しんし》な目で食い下がると、藤堂は涼やかな目を細めた。

「サメ次第でしょう」

「サメくん？　今、サメくんはどこにいる？」

そこで氷川は今さらながらに思いだした。ここ最近、サメの姿を見ていない。支倉組長が亡くなった時もとうとう姿を見せなかった。昨夜、部下を四人失って、ブチ切れたと聞いたけれども。

「神戸《こうべ》でインドカレーの研究をしていると思います」

「……神戸はインド人が多いんだっけ？　……あ、長江組本家や長江組総本部が神戸だよね？」

神戸は華僑《かきょう》が多く南京町《ナンキンまち》があるが、インド人も多い港町だと聞いたことがある。長江組の本家や総本部は神戸にあったはずだ。神出鬼没の男は敵の本拠地に潜り込んでいるのだろうか。

「姐さん、インドカレーはお好きですか？」

「嫌いじゃない」

「二代目にスパイスを駆使したインドカレーを作ったことはありますか？」

「インド料理はスパイスが難しい」

国際化は勤務先にも押し寄せ、外来でインド人の風邪患者を診察したばかりだ。池袋《いけぶくろ》や渋谷《しぶや》でインド料理屋を経営しているらしく、女性看護師と楽しそうにインド料理について喋《しゃべ》っていた。

「俺にはスパイスを理解する自信がありませんが、姐さんならば理解できると思います。二代目のため、スパイスから作るインドカレーを作ってさしあげてください」

「清和くんはインドカレーが好きだった？」

清和の肉食嗜好《しこう》はよく知っているが、インドカレーも好きとは知らなかった。よくよく考えてみれば、食卓にカレーを並べた記憶がない。

「二代目は南インドではなく北インド料理が好みのようです」

「そうなの？　イワシくんも好きだって言っていた北インド料理？」

「カルダモンやガラムマサラなど、俺でも聞いたことのあるスパイスをよく使うのが北インドで、あまり使わないのが南インドだとチラリと聞きましたが、俺は理解できません」

「そんなの、僕も理解できない。カルダモンやガラムマサラは僕も知っているスパイスだけど、北インドと南インドではそんなに違うの？」

「北と南では民族も違います。北はアーリア人で南はドラヴィダ人とか」

インドは多民族国家で公用語と公認語があわせて二十二もある、と藤堂は思いだしたかのように続けた。やはり、博識だ。

「民族が違ったら同じ料理でも違うよね。清和くんは、アーリア人のカレーが好きなのか」

「二代目は、タンドリーチキンもお好きなようです」

「タンドリーチキンってタンドール料理……あ、藤堂さん、話を逸《そ》らそうとしているの？」

どうしてこんな話になった、と氷川が目を吊《つ》り上《あ》げた時、ノックもなくドアが開いた。

顔を出したのは桐嶋ではない。

ｉＰａｄの画面で見た極道が、のっそりと入ってきた。その手には白鞘《しらさや》の日本刀がある。

「藤堂ちゃん、姐さん、インド料理の話に混ぜてぇや。うちの姐さんがアーユルヴェーダとやらにハマって、ここんところ、なんかっちゅうとインドカレーやらタンドリーチキンなんや」

桐嶋とよく似た関西弁訛《なま》りで喋りながら近づいてくる男は、東京進出担当だという長江組の若頭補佐だ。画面で見るより、ずっと凄《すご》みがあった。

「……え？　……え？　長江組の若頭補佐の吉沢さん？」

氷川が驚愕で声を上げると、吉沢は親しげに笑った。

「そや、眞鍋の姐さん、お初にお目にかかります。吉沢小五郎と申します。噂以上の別嬪さんやな」

「……ど、どうしてこんなところに？」

「元紀はオヤジの子で俺の弟やった。弟の家にたまごやきを食いにきてもええやろ。元紀の作るたまごやきはめっちゃ美味いんや……あ、たまごやきって鶏の卵で作る卵焼きちゃうで。明石では出汁《だし》で食うたこ焼きをたまごやきっちゅうんや。姐さんにも食うてほしいわ」

桐嶋の元兄貴分らしいというのか、関西で生まれ育った男らしいというのか、吉沢は流れるように一気に捲《まく》し立《た》てる。開け放たれたドアからは、ぞろぞろと頑強な男たちが何名も入ってきた。全員、吉沢の舎弟のようだ。

あっという間に、氷川と藤堂は長江組構成員たちに囲まれた。ドアの向こう側に桐嶋組の初代組長や構成員たちの気配はない。

「吉沢さん、桐嶋さんはもう長江組とも大原組長ともなんの関係もありません」

氷川は険しい顔つきで言い切ってから、藤堂に視線を流した。想定内なのか、想定外なのか、定かではないが、いつもと同じように紳士然としている。

「オヤジの顔に泥を塗ったのは元紀やで。始末されるところを、オヤジの温情で助けてもろたったことを忘れたらあかん」

吉沢は背後に並んだ生意気盛りの男たちに聞こえるように声高に言い放った。舎弟教育をしているような気配がある。

「桐嶋さんは大原組長の顔に泥を塗っていません。悪いのは奥様と大原組長でしょう。大原組長が恥を知っているのならば、今からでも奥様に反省させ、桐嶋さんの汚名をそそいでください」

氷川はここぞとばかりに、桐嶋の潔白を唱えた。

「オヤジが黒いカラスを白と言ったらカラスは白なんや。姐さんも極妻なんやから、極道の掟《おきて》を忘れたらあかんやろ」

「吉沢さんも桐嶋さんが濡《ぬ》れ衣《ぎぬ》を着せられたことをご存じですか。なのに、大原組長や奥さんの肩を持つんだ」

氷川が非難の目で貫くと、吉沢は白鞘の日本刀をこれ見よがしに構えた。

「姐さん、それが極道やで」

「極道とはそんなに極悪非道ですか。舎弟には何をしてもいいのですか？　吉沢さんは奥様から迫られなかったのでしょうか？　そこにいる若い舎弟さんたちが奥様に迫られたのでしょうか？　……あ、桐嶋さんによく似たタイプがいるから迫られていますね？」

氷川は桐嶋そっくりの男を見つけ、揶揄するように言った。大原が若い妻を正さない限り、第二の桐嶋や第三の桐嶋が現れても不思議ではない。

「姐さん、天女みたいな別嬪さんやのにきっついわ。話を進めよか」

「長江組の若頭補佐が僕にどんな話ですか？」

「今からこいつらが姐さんを輪姦《りんかん》する。動画をネットにアップする。二代目のメンツは丸つぶれやし、姐さんも昼職を失って大変やな」

吉沢の言葉に応じるように、一際若い兵隊たちが五人、氷川の周りを取り囲んだ。

ジッ、と早くもズボンのジッパーを見せつけるように下げる。どこかショウに似た兵隊の取りだした肉塊はすでに昂《たかぶ》っていた。役得、と呟いた宇治に面差しの似た若い兵隊にしてもそうだ。

眞鍋組二代目組長の妻に、若い兵隊の反り立つ男根が向けられる。どの目も征服欲と情欲にまみれていた。

「それが極道だと声高に唱える長江組の戦い方ですか？」

単なる脅しだ。

長江組はこういった戦法は取らない、と氷川は冷静に切り返した。清和の訃報《ふほう》が流れた時に組長の代理として閲覧できたデータにはすべて目を通している。今でも脳裏にインプットされたままだ。

「俺は武闘派ちゃうんや。できるだけ、穏便に終わらせたいタイプなんや。暴対法がめっちゃうるさいし、わかってくれへんかな」

「僕を輪姦して動画をアップしたぐらいで眞鍋組に勝てると思いますか？」

「ショウや宇治、卓《すぐる》に輪姦させる。これで眞鍋組は内部崩壊や」

吉沢の言葉により、氷川を囲む若い兵隊たちが眞鍋の若き精鋭たちに似ている理由に気づいた。

舐《な》めろよ、とショウにどこか似た男が自身の肉塊を氷川の口元に近づける。下卑た笑いは眞鍋の韋駄天《いだてん》とは似ても似つかない。

氷川はさりげなくテーブルに置かれていたティーポットに手を伸ばした。まだ冷めてはいない。

火傷《やけど》したら手当てしてあげましょう。

僕にそんなものを近づけるな。

僕にそれを近づけてもいいのは清和くんだけ、と氷川は心の中で力みながらショウにどこか似た男の肉塊に英国王室御用達の紅茶を注いだ。

「目障りです」

「……このっ」

ショウにどこか似た男は慌てて自身の肉塊を引っ込めた。苦悶《くもん》に満ちた顔で股間を押さえ、その場に蹲《うずくま》る。

一瞬、微妙な沈黙が走った。

もっとも、ほかでもない氷川が冷淡な目で静寂を破った。

「これで舎弟さんたちをショウくんたちに変装させたつもりですか？　ショウくんたちの怒りを倍増させるだけです。清和くんが戦車隊を送り込むからやめなさい」

「ちっともビビってくれへんな。噂以上に肝の据わった姐さんや。チ○コに紅茶をかけるのは反則やで」

か〜っ、と吉沢はどこぞのオヤジのように頭を掻いた。けれど、予想していたようなフシがある。見た目を裏切る二代目姐の評判はちゃんと摑んでいるようだ。

「吉沢さん、穏便に終わらせたいのならば、もう少しまともなシナリオを書いたらどうですか」

「……ほな、元紀と姐さんにエッチさせるわ。動画をアップして、姐さんに長江組系桐嶋組の姐さんになってもらう。元紀と眞鍋が戦争したら助かるんや。頼むな」

「桐嶋さんがそんなことをするわけないでしょう」

「元紀の真似《まね》が上手い舎弟がおるんや」

吉沢の視線の先には先ほど氷川も気づいた桐嶋にそっくりな兵隊がいた。おそらく、特殊メイクを施している。

「桐嶋さんの偽者ですか？　全然、似ていません」

「藤堂が上手くフォローするから大丈夫や。……藤堂、お前は長江に逆らったりせぇへんな？　やっと眞鍋へリベンジできるんや。今まで我慢した甲斐《かい》があったなぁ。今日からお前は長江組系桐嶋組の二代目組長や」

氷川では埒《らち》が明かないと悟ったらしく、吉沢は温和な顔で藤堂に話しかけた。長江組系桐嶋組二代目組長という肩書に氷川の清楚な美貌は歪《ゆが》んだが、藤堂の英国紳士を彷彿《ほうふつ》させる態度は変わらなかった。

「吉沢さん、俺はヤクザ業に戻る気はありません」

藤堂は極道復帰を拒んだが、吉沢は意に介さない。

「背中の般若《はんにゃ》が残っとうやんか。今日からお前が長江組系桐嶋組の二代目組長や。今日から一緒に眞鍋を攻めるで」

「元紀はどうしました？」

氷川が気になっていたことを藤堂が聞くと、吉沢は明るい声で答えた。

「オカマちゃんたちと一緒におねんねしとうで」

桐嶋によく似た男が藤堂と氷川の前に自身のｉＰａｄを差しだす。リキを慕う集団とともに桐嶋が倒れていた。

「睡眠ガスですか」

藤堂は一瞥しただけで状況を判断したらしい。

「桐嶋の兵隊は全員、おねんねや。眞鍋の兵隊と違ってチョロいな。よくシマをキープしとう」

桐嶋組総本部を占拠した証拠を見せるように、桐嶋によく似た男はｉＰａｄを操作した。画面の中、廊下やエレベーターの前で多くの桐嶋組構成員たちが意識を失っている。正面玄関や裏口、非常口に立っている屈強な男たちは吉沢の舎弟らしい。何も知らない者にとっては桐嶋組構成員に見えるだろう。

氷川は焦燥感に駆られたが、藤堂は悠然と微笑んだ。

「そうですね。眞鍋第三ビルも総本部も睡眠ガスを送り込む隙がなかったでしょう」

「よう知っとうな。睡眠ガスはあかんかったけど、リキに化けた兵隊はプライベートフロアに辿《たど》り着《つ》いたらしいわ。消されたみたいやけどな」

案の定というか、祐たちが見破った通り、リキに扮《ふん》して第三ビルの最上階に忍んだ侵入者は長江組の兵隊だった。

氷川は祐が危険視していた頭脳派の三番手と藤堂を横目で交互に見つめる。

藤堂さんは何を考えているのかわからないけれど慌てていない。

まるで予想していたみたいだ。

予想していたのかな？

……ううん、予想していたならなんらかの手を打って侵入させなかったはず。

口を挟まないほうがいい、と氷川は藤堂に任せることにした。どうしたって、狡猾《こうかつ》な若頭補佐に太刀打ちできるとは思えない。

「消されたのですか？」

藤堂が柔らかな口調で聞くと、吉沢はこめかみを指で揉《も》んだ。

「連絡がつかへんねん。消されたんやろな」

「姐さんを狙うのは自殺行為です」

「せやかて、急所を狙うのがセオリーやんか。俺は寒野禮《かんのれい》をバックアップして、大金を注《つ》ぎ込《こ》んだのにぽしゃってもうた。支倉組の若頭もプッシュしてやったのにぽしゃってもうた」

「背水の陣ですか」

藤堂の指摘に吉沢は大きく頷き、あっさりと長江組の内情を明かした。

「せや。選手交代になるかと思うたけど、東京進出担当は俺のまま続投や。眞鍋のシマを取らんとオヤジに合わせる顔がないんや」

「若頭の平松さんはどのように？」

「カシラが怒って眞鍋にダイナマイトをつけた極秘戦闘部隊を送り込もうとしたけど、世間を騒がせたくないオヤジが止めたんや。ほら、暴対法でにっちもさっちもいかんのや。もうちゃっちゃとカタをつけなあかん」

「若頭は短絡的です」

「それ、カシラの前で言うたらあかんで」

俺もそう思うけどな、と吉沢が悪戯《いたずら》っ子のような顔で続ければ、周りの舎弟たちがいっせいに嗤笑《ししょう》した。桐嶋によく似た舎弟は若頭に対する侮辱をポロリと零す。どうやら、長江組若頭と若頭補佐の間には微妙な風が流れている。

「吉沢さんも割の合わない仕事を引き受けましたね」

「せやかて、東京進出は長江の悲願や。目指すは日本統一やで」

長江組が暴力団の一本化を目論《もくろ》んでいることは周知の事実だ。破竹の勢いで二次団体や三次団体を作り、勢力を伸ばし続けている。

「日本統一を目指すなら、東京進出は最後にしたほうがよろしい。インドに拠点を構えてからですね」

「東京を押さえな話にならへん」

日本の都は東京や、と吉沢は関西出身者の悲哀を滲《にじ》ませた。

「東京の極道は竜仁《りゅうじん》会会長の下で共闘しています。脱落する組もありますが、竜仁会会長の目の黒いうちは無理でしょう」

「せやから、竜仁会会長をヒットしようとしたんに元紀が邪魔しよったんや。けったくそ悪いで」

「竜仁会の会長のヒットは大原組長のヒットと同じぐらい不可能です」

「藤堂ちゃん、賢いんやから長江と手を組まなあかんとわかっとうやろ」

吉沢が視線で合図を送ると、桐嶋によく似た舎弟が拳銃《けんじゅう》を取りだした。藤堂の後頭部に銃口を向ける。

氷川は身体《からだ》を強張らせたが、藤堂はいっさい動じたりはしない。風か何かのように無視した。

「今日、俺も元紀も吉沢さんのアポイントメントを予定に入れた記憶はありません。出直していただけませんか」

藤堂が共闘を拒むと、吉沢は肩を竦《すく》めた。

「……ほな、お前も元紀も姐さんもまとめて始末してええんやな？」

従わないならば殺す。

長江組傘下に入らなければまとめて消す。

たとえ頭脳派と目されていても、吉沢は過激さでは類を見ない長江組に所属している。

刃向かう者には容赦しない。

「構いませんが、姐さんに手を出すことは死刑執行にサインするようなものです。吉沢さんはご家族もいらっしゃいますし、優秀な舎弟が揃っているからお勧めしない。せっかく築き上げたインドルートを手放すつもりですか」

藤堂は周囲の舎弟たちをひとりずつ見ながら、意味深な口調で言った。インドルート、という言葉にどの舎弟たちも反応する。

「藤堂ちゃん、時間稼ぎか？　なんでこないな無駄話をするんや？」

吉沢は舎弟たちを鎮めるかのように手を小刻みに振った。

「無駄話ですか？」

「……ああ、無駄話や。今から姐さんの指を一本ずつ斬《き》り落《お》として眞鍋に送ったらどうなんのかな？」

吉沢の脅迫に呼応するように、吾郎《ごろう》によく似た舎弟が氷川に日本刀を向けた。宇治によく似た舎弟が氷川の手を掴み、テーブルに載せる。

ドスッ。

吾郎によく似た舎弟が氷川の小指と薬指の間に小刀を突き刺した。

こんなことぐらいで怯《おび》えたりしない、と氷川は強い意志でやり過ごす。ここで自分が怯えたら終わりだとわかっていた。

何より、藤堂もいっさい焦っていない。

「再生医療が発達していますから」

「足ならどうだ？」

「いくら姐さんを深く愛している二代目でも、姐さんひとりのために眞鍋組を解散させるとは思えません」

「眞鍋を解散させなくてもいい。寒野禮が手に入れようとした半分のシマを明け渡せばいいんだ」

「半分でも手に入れたら、後は雪崩のようにすべて奪えますね」

「ああ、わかっとうなら、お前が使者に立って眞鍋に乗り込め。姐さんの左足を一本、持たせてやるわ」

「俺が使者では眞鍋は交渉に応じない」

「姐さんの左足と元紀の右足を一本ずつ、交渉に持たせてやるわ。眞鍋に乗り込んでぇや」

「吉沢さんはもう少し聡明《そうめい》な極道だと思っていましたが違ったようです」

「藤堂ちゃん、ほんまに自分の立場がわかっとうか？」

お前の命も元紀の命も姐さんの命も俺が握っとうで、と吉沢は低い声で続けた。カチリ、と藤堂の後頭部に銃口が押しつけられる。

「はい」

「藤堂ちゃん、マジやで。もうお遊びはここまでや。今から姐さんの指を一本ずつ、斬り落とすわ。腕も足も斬り落としたら、綺麗《きれい》な姐さんが達磨《だるま》さんになるんやな」

やれ、と吉沢が鷹揚《おうよう》に顎《あご》を杓《しゃく》った。

吾郎によく似た舎弟が氷川の左の小指に当てていた小刀に力を入れる。その目に人としての情は微塵《みじん》もなかった。

本気だ。

斬られる。

絶対に泣いたりしない、と氷川が覚悟を決めた時、物凄い勢いでドアが開く。ヒョウ柄のシャツを身につけた若い男が血相を変えて飛び込んできた。

「……わ、若頭補佐、大変や。えらいことになっとう」

あまりの剣幕に、小刀はピタッ、と止まった。氷川は自分の小指が斬られていないことに気づく。

「どないしたんや?」

吉沢が胡乱な目で聞くと、若い男はスマートフォンをズボンから取りだし、おかしな振り方をした。混乱していることは間違いない。

「……わ、若頭が……若頭が血迷った……」

若頭、という言葉で吉沢の顔が渋くなる。

「落ち着かんかい。またカシラの催促か？　もう昔みたいな抗争でけへん、ってわかっとうやろ。わかるまで説明したってぇな」

「……ちゃ、ちゃう、若頭が出た……出てもうたんや……若頭の舎弟たちも出てもうた……若頭支持の幹部まで……」

若い男は何かを訴えるようにスマートフォンを振り回した。動揺するあまり、言葉にして伝えられないのだろう。

「カシラのお化けでも出たんかいな？」

吉沢は怪訝《けげん》な顔で自身のスマートフォンをチェックした。

その途端、顔色が変わった。今までの絶対的な余裕が一瞬にして消え、探るような目で藤堂を見据えた。

「藤堂ちゃん、情報を握っとったんか？」

「吉沢さん、どうされました？」

「カシラが舎弟を連れて長江から出てもうた」

吉沢が掠れた声で言うと、周りにいた舎弟たちから低い呻き声が漏れた。土色の顔で見つめ合う舎弟たちもいる。吾郎によく似た舎弟は今にも倒れそうな風情で氷川の指から小刀を引く。

桐嶋によく似た舎弟がｉＰａｄの画面に元長江組若頭の平松が各所に送ったらしい文書

を映しだした。

　氷川はざっと文書に目を通した。分裂の理由は総本部の移転問題だ。長江組は神戸で金看板を掲げて以来、総本部も本家の場所も変わらなかった。けれど、大阪《おおさか》への移転が本決まりになったという。神戸生まれ神戸育ち、血と肉も神戸という平松と平松一派が断固として反対したにも拘わらず。

「分裂ですか？」

　藤堂が泰然として尋ねると、吉沢は忌々《いまいま》しそうに言った。

「よりによって、なんで、こないな時に出ていくんや。カシラと戦争せなあかんやんか」

　長江組にとって分裂とは抗争にあたる。短くはない歴史の中、共存は一度も刻まれてない。一昔前、メディアを騒がせた長江組の抗争も原因は分裂だった。それは氷川も幾度となく目を通した記事で知っている。

「眞鍋に割《さ》いている戦力を平松さんに回さなければなりませんね」

「藤堂ちゃんが落ち着いていたんは、このネタを握っていたからやな？」

「吉沢さんが摑んでいなかった情報を俺が摑んでいるわけがない。俺も驚いています。ただ、移転が決まり、平松さんや平松派が不服を唱えていることは東京にも流れてきました」

　論じるまでもなく、組長の命令は絶対だ。大原組長が移転を決めたら、組員たちは一言も文句を漏らさずに従うものなのだが。

「……あぁ、ちゃっちゃっと眞鍋を片づけるか。極秘戦闘部隊の出番やな」

ここまで眞鍋攻略に資金も労力も注ぎ込み、手ぶらで帰るわけにはいかない。長江組三番手から二番手に上がった幹部は、眞鍋組総本部の破壊命令を出した。……いや、その寸前、藤堂が微笑みながら止めた。

「簡単に眞鍋が片づけられるならば、俺は今でも藤堂組の金看板を背負っていました。分裂騒動が大きくなる前にお帰りになったらどうですか」

「さすがや、痛いところを突きような」

「今ならば退くことができます」

藤堂が口にした通り、眞鍋組も長江組も被害者を出しているが、メディアや警察にマークされる全面戦争に突入していない。双方、警察を押さえ込みつつ、巧みに戦っている。

「引き時を間違えたら命取りやもんな。……あ～っ、藤堂ちゃんと元紀と姐さんの命を握った千載一遇のチャンスやったんに……」

吉沢が悔しそうに頭を抱えると、若い舎弟たちの顔が醜悪に歪んだ。舌打ちをしたり、地団駄を踏んだり、氷川を睨《にら》み据《す》えたりしている。

「眞鍋に気づかれないうちに早くお帰りください」

藤堂はスマートな動作で立ち上がると、ドアの前で吉沢に目で訴えかけた。眞鍋に拉致《らち》されますよ、と。

「せやな。眞鍋の虎部隊やサメ部隊が桐嶋組総本部を取り囲んでいてもおかしゅうないのに……おらへんな？」

「支倉組のシマに作った吉沢さんのアジトを叩いている最中ではないのですか？」

「あ〜っ、そっちかいな〜っ、あ〜っ、藤堂ちゃん、眞鍋と組んで俺をハメたんやな？次に会うた時はネタバラししてぇな」

吉沢はかけ声をかけて立ち上がると、氷川に背を向けて歩きだした。最後に一言もかけない。

「次回はアポイントメントをお取りください」

藤堂は城館に迎えた客を送りだす城主のような風情で吉沢を見送った。若い舎弟たちにも優雅に礼儀を払う。

卓によく似た舎弟が藤堂の臀部《でんぶ》を撫《な》でながら出ていった。桐嶋によく似た舎弟は藤堂の臀部を執拗《しつよう》に撫で回してから出ていった。

……うわ、痴漢みたい、と氷川が去り際の挨拶に目を丸くしていると、ショウにどこか似た舎弟が股間を押さえつつ凄んだ。

「オカマ姐、覚えていろよ」

当然、氷川は脅しに怯えたりはしない。ありったけの怒りを込め、真っ直ぐに睨み返した。

「僕は君のような獣は忘れます。覚えていたら脳と心に悪影響を及ぼしますから」

「なんだと？」

「さっさと行きなさい」

氷川が咄嗟《とっさ》に目の前にあったティーカップを手にすると、藤堂が呆れたように口を挟んだ。

「君、早く行きたまえ。吉沢さんは裏口に回ったようだ」

「やべっ」

ショウにどこか似た舎弟は股間を押さえながら慌てて出ていった。

招かれざる団体が消えた瞬間、地上に生き物が生息していないかのように静まり返る。今までの予想だにしていなかったあれこれがすべて嘘のようだ。藤堂も何事もなかったかのように、ワゴンの前で紅茶を淹れている。

幻だったのだろうか。

……否、現実だ。

怒濤《どとう》の嵐《あらし》が通り過ぎ、氷川が呆然としていると、藤堂に紅茶が注がれたティーカップを差しだされた。

「姐さん、桐嶋組にお迎えしておきながら、不愉快な思いをさせて申し訳ありません」

氷川は自分を取り戻すように一口紅茶を飲んでから聞いた。

「藤堂さん、いったい何があったの？」

あまりにもいろいろと確かめたいことがありすぎて、何からどのように問えばいいかわからなかった。

「こちらの不手際です。綾小路先生たちを焚《た》きつけ、元紀のもとに集めたのも吉沢さんでしょう」

桐嶋が恐怖のニューハーフ集団に意識を取られている間に、吉沢たちの侵入を許してしまった。それは氷川にもわかっている。

「そうじゃなくて」

「若頭補佐が連れてきた舎弟たちは選《え》りすぐりの精鋭たちです。姐さんの度胸に感服しました」

「そうじゃない。長江組の東京進出はどうなるの？」

やっとのことで、氷川は真っ先に聞きたいことを口にできた。

「おそらく、一時休止です。大原組長と吉沢さんは離反した平松一派を制圧しなければならない。長江の掟です」

大組織になればなるほど、派閥はできるし、分裂も起こりやすい。ただ、伝統の長江組は組長という確固たる大黒柱の下、団結していたはずだ。たとえ、主義主張が合わなくても、長江という代紋が強いだけに分裂を許したりはしない。……だったのだが。止められなかった分裂はある。

「ひょっとして、これは祐くんと藤堂さんのシナリオ?」

不可能も魔女と魔性の男ならば可能にできるかもしれない。氷川は長江組の分裂騒動の裏に気づいた。吉沢や舎弟たちの反応から察するに、長江組二番手の反旗は想定外だったはずだ。

「残念ながら俺にそんな力はありません」

藤堂は優雅に否定したが、氷川は確信を持った。何も知らないような顔をしてなんでも知っているのが藤堂だ。眞鍋組で一番汚いシナリオを書く魔女と共闘したら、強固な一枚岩も打ち砕けるかもしれない。

サメが部下を奪われてブチ切れたと聞いた。つまり、サメが本気になったのだ。サメの本気の裏工作もあれば分裂騒動も納得できる。

これで一件落着。

もう誰の血も流さなくてもいい。

「こんな抗争の止め方があったのか……びっくりした……よかった……これで抗争が止まるならいい……」

氷川が安堵《あんど》の息を漏らした時、桐嶋組総本部の主《あるじ》がけたたましい物音とともに転がり込んできた。

「……よ、よかった……姐さんが無事や……カズもおる……よかった……」

桐嶋の精悍な顔には無数の爪痕《つめあと》と口紅がべったりと貼《は》りつき、腰や足には鉄アレイがぶら下がり、背中には光沢のあるスカーフで熱海《あたみ》のゆるキャラのぬいぐるみが巻きつけられていた。

「元紀、大丈夫か？」

藤堂が苦笑を漏らすと、桐嶋は情けなさそうな顔で髪の毛を掻き毟った。

「……あ〜っ、いきなり眠くなったんや。ほんで、寝てもうたみたいやな……吉沢のアニキに乗り込まれたような気がしたんや……吉沢のアニキにここを占拠されたんかなぁ？……やられたな？」

「吉沢さんは帰られた」

「……うわ〜っ、カズ、長江組系桐嶋組の二代目組長に就任して眞鍋を叩き潰す、っちゅう大嘘をついて帰らせたんか？　とどのつまり、吉沢のアニキの計画・バージョンスリーはそれやんなぁ？」

桐嶋は真っ赤な顔で、藤堂に摑みかかった。

「あの吉沢さんがそんな嘘で引くわけないだろう」

「……そやな……まぁ、お好みでも食いながらゆっくり聞くわ……俺はエネルギー補給せな立ってられへん……」

桐嶋は縋《すが》るように藤堂に抱きつくと、氷川に視線を流した。二代目姐の無事を嚙み締めているようだ。

「桐嶋さん、無事でよかった」

氷川が率直な思いを告げると、桐嶋は藤堂に抱きついたまま力のない声で言った。

「……ほな、姐さん、お好みでも食べよ」

「綾小路先生たちは？」

氷川はドアの向こう側に意識を向けたが、アマゾネス軍団の気配はない。不気味なくらい静かだ。

「虎ちんは琴晶飯店にいる、ってガセネタで送りだした。ほんまに参ったで……俺のチ〇コが引きちぎられるかと思たわ……吉沢のアニキの舎弟部隊よりごっつい……半端ないわ……俺もまだまだや……」

「琴晶飯店？　琴晶飯店のダイアナ、って前も聞いた」

「宋一族のダイアナっちゅう大幹部がやっとう中華料理店や。担々麵《たんたんめん》と汁なし担々麵以外はどれも美味いわ。最高のご馳走《ちそう》はチャイナドレスのスリットや。姐さんにもチャイナドレスをプレゼントするわ」

桐嶋の要領を得ない言葉から、未《いま》だかつてない疲弊感が伝わってくる。思わず、氷川は同情した。

「桐嶋さん、本当に疲れたみたいだね。僕が食事を作ろうか？　お好み焼きは桐嶋さんみたいに美味《おい》しくできないから別のメニューで」

「姐さん、おおきに……あっさりきつねうどん……より、こってり焼きうどんとかがええ」

「まず、鉄アレイを取ろうか」

「……あ、俺に地縛霊が取り憑《つ》いていたんちゃうんか……地縛霊やのうて鉄アレイかいな……リリアンやバニーちゃんの玩具《おもちゃ》やな……」

「どうしてそんなことに……」

氷川と藤堂が最初にしたことは、桐嶋に巻きついている鉄アレイや熱海のゆるキャラのぬいぐるみを外すことだった。

そうして、氷川が鉄板で野菜たっぷりの焼きうどんを作りつつ、桐嶋と藤堂がワインを手に話し合った。もっとも、桐嶋が一方的に捲し立てるように聞き、藤堂が優雅に答えるいつものパターンだ。桐嶋は神妙な面持ちで各所に連絡を入れる。同時に各所から桐嶋にも連絡が入る。

その内容はただひとつ。

すなわち、長江組の分裂だ。

国内随一の勢力を誇る暴力団に激震が走ったのは間違いない。

6

長江《ながえ》組の分裂騒動は電光石火の速さで列島を駆け巡っているはずだ。不夜城も揺れているだろう。

だが、氷川《ひかわ》は桐嶋《きりしま》や藤堂《とうどう》とともにのんびりと時を過ごした。

藤堂の何気ない話がきっかけだったが、桐嶋のシマにあるインド料理店に食事に行くことになる。桐嶋組と眞鍋《まなべ》組の良好な関係を示すため、初代組長と眞鍋組二代目姐《あね》が連れ立って歩くのはいい。

各国の国旗とギラギラと輝くネオンの下、桐嶋が藤堂と氷川を連れて歩けば、異国の呼び込みが親しげに声をかけた。

「桐嶋のボス、今夜もいい男ダネ。紹興酒でも飲んでいってヨ。う〜んとサービスするヨ」

「おう、蘭《らん》ちゃん、今夜も可愛《かわい》いな。また今度な」

「ヘイ、ブラザー、今日は綺麗《きれい》な女王をふたりも連れているじゃないか。女王にフォアグラを食べさせてあげなよ」

「おぅ、フォアグラちゃうやろ。羊の脳みそやろ。羊の脳みそは明日や。明日」

桐嶋は纏《まと》わりつく異国人の客引きを躱《かわ》し、インドやネパールの国旗が何本も靡《なび》く通りに進んだ。インド料理店やネパール料理店やスリランカ料理店、インド雑貨店、アーユルヴェーダの看板を掲げるインドエステが軒を連ね、まるで異国に紛れ込んだような気分だ。辺りを漂う香辛料や香油の香りも異国情緒を増長させる。

「日本人より外国人が多い」

氷川が圧倒されたように言うと、桐嶋は楽しそうに笑った。

「そや、姐さん、ここはいつの間にか外国やねん。日本語が通じてよかったわ」

「日本語が通じるの？」

「日本で日本語がでけへんかったら商売にならへん。ようわかっとう。よう勉強しとうわ……あ、ここや。このインド料理屋のインドカレーがめっちゃ美味《うま》いんや」

桐嶋に案内されたのは、シヴァ神やヴィシュヌ神の像が飾られたインド料理店だった。インド人店主に最高の笑顔で迎えられ、一番いい席に通される。

「姐さん、チキン料理で店の実力がわかる、っちゅう説はマジや。チキンマライティカとタンドリーチキンを食べてぇな」

桐嶋はメニューを広げ、鼻息荒く力説する。氷川はいかにもといったインド風のメニューを興味深く眺めた。

「イワシくんの言ったことは真実なんだね」

「そや。カレーはどれがええ？」

「チキンを二種類食べたらカレーはどうだろう。食べられるかな」

氷川が真っ先に選んだメニューはヨーグルトのサラダだった。

「姐さん、今夜は景気よくやろうや。ぱ～っ、と食うてぇや」

「そうだね。僕が食べられなかったら桐嶋さんが食べてくれるね」

氷川は豆のカレーとチャパティを選んだ。藤堂がホウレンソウと白チーズのカレーとロティを指定した時、聞き覚えのある声が響き渡った。

「うわ～っ、お釈迦様《しゃかさま》が生まれた国だ～っ。姐さんはやっぱりお寺が好……」

信司《しんじ》の言葉を遮るように、ショウが野獣のような雄叫《おたけ》びを上げた。

「うぉぉぉぉぉ～っ、信司っ、寺なんて不吉なことをほざくなーっ。姐さんがまたまたツルツル熱を出すだろっ。ビーフカレーを食うぜ」

「そうだ。さっさとビーフカレーを食おうぜ。俺は激辛に挑戦する」

宇治《うじ》が渋面で言った後、吾郎《ごろう》もコクコクと頷《うなず》いた。

「俺も激辛のビーフカレーに挑むぜ。ビーフのシシカバブも食いたい」

インド人店主はヒンドゥー教徒なのか、店内にはブラフマー神やサラスバティー神、ガネーシャの像とともに聖なる牛の象を飾っている。

氷川がメニューを手に背筋を凍らせると、卓《すぐる》が青い顔で仲間たちを制した。

「黙れ。お釈迦様が生まれたのはネパールのルンビニーだ。育ったのはインドだけど、仏教徒は少ないし、大半はヒンドゥー教徒だ。牛は食べられないからビーフカレーはない」

　頭脳派幹部の説明に、鉄砲玉は納得しなかった。

「どうして牛が食えねぇんだ？　カレーの主役はビーフだろ？」

「牛は崇拝の対象だ」

「……あ？　卓、桐嶋組長じゃあるまいし、笑えねぇギャグは飛ばすな。牛はステーキにも焼き肉にもカレーにもなる美味いヤツさ」

「ショウ、冗談じゃない。牛は信仰の対象なんだ。あのマハトマ・ガンディーも牛への帰依心について公言したって聞いた」

　インド音楽が流れる中、眞鍋組の若い精鋭たちが大声で言い合っている。どこまで理解しているのか不明だが、インド人店主は愛想よく笑っていた。

「……信司くんにショウくんに宇治くんに吾郎くんに卓くん？　いったい何をしに来たの？」

　氷川は呆気《あっけ》に取られたが、桐嶋は人好きのする笑顔で手招きした。

「お〜い、信司ちん、ショウちん、宇治坊、吾郎ちん、卓ちん、こっちや。麗しの姐さんはこっちやで。一緒に美味いインドカレーを食おうか〜っ」

　桐嶋の一声で清和《せいわ》の舎弟たちはいそいそと駆け寄ってくる。ショウや信司に遠慮という文字はない。宇治はショウに張り合う大食漢だ。かくして、厨房《ちゅうぼう》をフル回転させることになった。テーブルには次から次へとムガール帝国料理が運ばれてくるが、瞬く間に眞鍋組の若い精鋭たちの胃に収められる。

「……う、美味い。インドの唐揚げは美味いぜ」

ショウは右手にガーリックナンを持ち、左手のタンドリーチキンに齧《かぶ》りつく。ポロポロと零《こぼ》れ落《お》ちるが、気にするのは氷川だけだ。

「ショウ、それは唐揚げなのか？　インドの厚揚げじゃないのか？」

「なんでもいい。なんでもいいけど美味い。おかわり」

「俺はシークカバブとキーマ・マターがいい」

「俺はムグライ・ビリヤニ」

誰が何をオーダーしたのかわからないし、オーダーした本人も忘れているかもしれないが、テーブルに運ばれた料理はペロリと平らげられる。氷川はショウたちの表情から抗争が終了したと感じ取った。それゆえ、こうやって弾《はじ》けているのだろう。誰ひとりとして長江組について口にしないが。

「インドのギョーザも美味い」

ショウは牛肉料理が並ばなくてもご機嫌だ。すでにインドビールを何本空けたのか、不明である。

「僕はそろそろデザートが欲しい」

氷川がインド風のデザートをオーダーしようとすると、桐嶋や眞鍋の男たちにブーイングを食らった。

「姐さん、まだまだや。シメのスイーツはまだまだやで。ナマステの夜はマトンシリーズを制覇せなあかん」

まだ食べるのか、と氷川が今さらながらに剛健な男たちの食欲に感嘆した時、サリー姿の店主夫人が買い物袋を手に出入り口から入ってきた。夫に買い物袋を押しつけると、駆け足で近づいてくる。

「元紀《もとき》クン、元紀クンを信じてた。ヨカッた。冤罪が晴れたヨ」

店主夫人が慈愛に満ちた笑みを浮かべ、桐嶋を包み込むように抱擁する。まるで息子に対する母親のようだ。

「……あ？　アンマ？　どないしたんや」

「元紀クンのことを姐さんレイプしたデビル、って罵《のの》るヒト、たくさんいたの。元紀クンは姐さん庇《かば》ったネ。姐さんの悪いの、バレたよ」

「……まぁ、わけがわからんが、ラッシーでも飲まへんか。俺の奢《おご》りや」

「元紀クン、ありがとう。元紀クンの名誉、嬉《うれ》しい。神戸《こうべ》の子、勇気を出して頑張ったヨ。頑張った。いじめられたらヘルプね」

店主夫人が歓喜に打ち震えていると、民族衣装姿の男性たちがわらわらと入店してくる。若い男性も白髪頭の老人も興奮しているらしく、ヒンディー語で喋《しゃべ》りだしたが、何がなんだかまったくわからない。それぞれ、呆然《ぼうぜん》としている桐嶋を次々に抱き締めた。釣られるように、桐嶋も抱き締め直す。

インド人たちは大声で喚《わめ》いた後、テーブルにつくこともなく店から出ていった。店主夫妻は笑顔で見送る。

インドの嵐《あらし》に遭遇したような気分だ。

いったい今のはなんだった？

インドの蜃気楼《しんきろう》？

桐嶋と同じように氷川が目を丸くしていると、卓がスマートフォンを操りながら声を張り上げた。

「……やった……桐嶋組長、大原《おおはら》組長の姐さんがインド料理店のイケメンスタッフに訴えられました。イケメンスタッフには婚約者がいたのに、姐さんにしつこく迫られて、脅されて、思いきったそうです」

想定外の朗報に驚嘆したのは、氷川や眞鍋組の男たちだ。汚名を着せられた本人は凛々《りり》しい眉《まゆ》を顰《ひそ》めた。

「……え？　美玖《みく》姐さんが訴えられた？」

かつて盃《さかずき》をもらった大原を今でも桐嶋は尊敬しているし、姐である美玖のことも恨んでいるフシはない。すべてが馬鹿《ばか》らしくなって竿師《さおし》になったというけれども。

「大原組長の若い姐さんの男漁《あさ》りは桐嶋組長の一件でおとなしくなったようです……が、浮気症はそう簡単には治らない。姐さんは浮気相手を長江組関係者じゃなくて、ハマっているアーユルヴェーダ関係に見つけたんでしょう」

「……美玖姐さんがインド料理やら、アーユルヴェーダのマッサージやらにハマっとう話は東京に乗り込んできた西の奴《やつ》らにチラリと聞いとうけど……それか？　それなんか？」

「アーユルヴェーダにハマったんじゃなくて、インド料理屋のインド人イケメンスタッフにハマったんじゃないんですか？　そうじゃなきゃ、インド人イケメンスタッフに一目惚《ひとめぼ》れしたからインド料理やアーユルヴェーダにハマったんじゃないんですか？」

卓は物凄《ものすご》い勢いで長江組組長姐のスキャンダルを拾う。美玖が頻繁に通っているアーユルヴェーダのサロンと訴えたスタッフがいるインド料理店は隣接しており、経営者はどちらも同じ裕福なインド人らしい。

「……うわ、インド人やから美玖姐さんがどないな人か知らんかったんかいな？」

桐嶋の驚愕《きょうがく》は至極当然だ。美玖が長江組の組長の妻だと知れば、訴えることはできなかっただろう。

「それはまだ不明ですが、大原組長の美玖姐さんが脅迫罪で訴えられたのは事実です。ほかにも、姐さんに迫られて脅されて夜逃げしたイケメンがいるらしい。弁護士はほかのイケメン被害者の証言も揃《そろ》えているそうです」

インド人の父と日本人の母を持つ弁護士は、勇気があるだけでなく、それ相応の準備をしていたらしい。被害者の証言が増えれば増えるほど有利だ。

よかった。

これをきっかけに桐嶋さんの汚名もそそがれる、と氷川も勢い込んだ。

もっとも、桐嶋は長江組の力を知っているだけに弁護士の心配をした。

「……マジ？　インド人イケメンやら弁護士やら大丈夫なんか？　命知らずやな」

「桐嶋組長、やったぜ。どこの誰か知らねぇけど、掲示板では桐嶋組長の無実も書き込まれている」

吾郎の言葉通り、スマートフォンに映しだされた有名な掲示板には、関西の極道関係について書き込まれていた。

『桐嶋組長は欲求不満の大原美玖を拒んだら逆恨みされて、強姦魔《ごうかんま》の汚名を着せられて破門されたのに、大原組長の名誉のためにいっさい弁解しなかった。大原組長は馬鹿だ』

『某K嶋みたいないい舎弟を破門にして、色ボケ女を庇う大原組長はさっさと引退したほうがいい。若頭の平松《ひらまつ》が見限っても当然だろう』

『先代組長は大原じゃなくて平松に組長の座を譲るつもりだったらしいぜ。大原は汚い裏工作で組長になったんだ』

『大原組長は平松に長江組を譲るべきだった。平松が出ていく必要はないんだ』

有名な掲示板だけでなく、ネットニュースやSNSなど、大原組長夫妻に対する逆風が吹きだした。その筋では名の通ったライターやブロガーも大原組長批判の記事を発表しているが、その数はつい最近、仁義を失ったとされた眞鍋組の時の比ではない。

「……これは分裂した元若頭の平松派の逆襲ですね。美玖姐さんの男癖の悪さは一部では有名だったみたいですから」

卓が爽《さわ》やかな笑みを浮かべると、桐嶋は手をひらひらさせた。

「卓ちん、ちゃうやろ。眞鍋の色男一派がなんか派手にかましてくれたんやろ。タイミングがごっつすぎるわ」

眞鍋組は情報戦で遅れを取ったと聞いたが、長江組の分裂騒動で一気に挽回《ばんかい》したのだろうか。大原組長にしてみれば弱り目に祟《たた》り目だし、若頭補佐の吉沢《よしざわ》にとっては泣きっ面に蜂《はち》かもしれない。

氷川が耳を澄ますと、卓は意味深に笑った。

「桐嶋組長、眞鍋だと思いますか？」

「……ああ、俺は白百合《しらゆり》姐さんの舎弟やからな。眞鍋の奴らは白百合姐さんの舎弟には優しいんや」

「驚きました。俺は平松派の裏工作だと思います。美玖姐さんの悪評は姐さんを放置した大原組長の評価になる。長江組から離反する二次団体や三次団体が増えることを狙《ねら》っているのでしょう」

頭脳派幹部候補は決して眞鍋組による裏工作だと口にしない。ショウをはじめとする眞鍋の面々は話題に入らず、黙々とテーブルに並んだ絶品のインド料理を食べ続けている。サモサやらサブジやらブラウンパコラやらムガール風の骨付きマトン煮やらヨーグルトライスやら、宇治はむっつりと追加オーダーもした。

「……そやな。眞鍋の裏工作で長江組の分裂がごっつうなったら、国内ナンバーワンから転がり落ちてまう。長江も大変やな」

桐嶋がバジルナンを千切りながら指摘した通り、元若頭の平松が一大勢力を誇っていただけに長江組のダメージは大きい。

「桐嶋組長、眞鍋ではなく平松派の裏工作です。桐嶋組長も平松さんとは面識があるんでしょう?」

「平松さんは大原組長の弟分やったからな。武闘一辺倒の平松さんにこないな裏工作ができるなんてびっくりや」

武闘派の平松一派にこんな裏工作はでけへん、と桐嶋は暗に匂《にお》わせている。それでも、卓は眞鍋の裏工作だと認めなかった。

「平松さんにはいい参謀がついているのでしょう。この分ならメディアもサツも買収していますね」

「眞鍋を敵にしたらあかん、っちゅうことを大原組長は世間に広めたんやな。眞鍋の色男はヤバい奴や」

桐嶋がマトンカレーをスプーンで突《つつ》きながら突っ込むと、卓は神妙な面持ちで話題を変えた。

「……眞鍋の色男……それで話は変わりますが、姐さん、半月ぐらい、姐さんは桐嶋組長のところにいてください」

インド式の挨拶《あいさつ》ポーズに触発されたわけではないだろうが、卓は氷川に向かって手を合わせる。身に纏う空気も一変した。

「……どうして？」

「長江組の若頭補佐、つまり東京進出担当は慌てて神戸に帰りました。兵隊たちもひとり残らず消えました」

氷川は待ち侘《まわ》びていた報告を聞き、ほっと胸を撫《な》で下《お》ろした。

「よかった。これで抗争は終わったね」

「眞鍋第三ビルと総本部が攻撃され、修理中です。支倉《はせくら》組が解散し、支倉組のシマを眞鍋が預かることになりました」

予想だにしていなかった展開に、氷川は季節野菜のアチャールを落としそうになった。たとえ、支倉組から同時に組長と若頭がいなくなっても、ほかに幹部は残っていたはずだ。

「支倉組のシマが眞鍋組のシマになるの？」

「竜仁会《りゅうじん》の会長の意向です」

関東の大元締の決定に、不夜城の覇者や支倉組の構成員は逆らえない。氷川もその高名は聞いているけれども。

「……眞鍋は解散どころか大きくなるの？」

「しばらくの間、元支倉組のシマの統治でバタバタします。姐さんは桐嶋組長のところで美を磨いてください」

氷川が日本人形のような顔を曇らせると、桐嶋が楽しそうに言い放った。

「姐さん、俺はむっちゃ嬉しいんや。姐さんとラブラブの日々を送って眞鍋の色男を悔しがらせたる」

すでに桐嶋と眞鍋組の間では話がついているようだ。ここまできたら、二代目姐に拒否権はない。

氷川が納得したように頷くと、食べることのみに集中していたショウの追加オーダーが飛んだ。

「イッパイ食べてくれる。嬉しいヨ」

店主夫人が嬉しそうにやってくれれば、宇治や信司もメニューを差す。まったくもって、店のメニューをすべて食べ尽くすような勢いだ。

桐嶋のスマートフォンには関係者や知人から膨大な連絡が届く。ラインもあれば、メールもあるし、通話もある。どの内容も一貫して、長江組を破門された理由についてだ。

「……うわ、姐さんとおるから電源を落としたいんやけど、このスマホはあかんのや……この番号は無視でけへん。ちょう、出るわ」

桐嶋がレイプしたと誤解していた者はこぞって謝罪したらしい。曖昧《あいまい》な言葉で応対する桐嶋の表情にはなんとも形容しがたい悲哀が漂っていた。大原組長のメンツを案じているのだろう。

話し終えた瞬間、新たな呼びだし音が鳴り響く。

「……うわ、名古屋《なごや》の社長からや。無視でけへん。姐さん、失礼するで」

連絡があまりにも多すぎて、桐嶋は食事どころではなくなった。

終始、藤堂は艶然《えんぜん》と微笑《ほほえ》んでいるだけだったが、桐嶋の汚名がそそがれ、喜んでいることは間違いない。

藤堂さんもずっと引っかかっていたんだな、と氷川は藤堂と視線を合わせ、はっきりと確信した。

「藤堂さん、よかったね」

乾杯、とばかりに氷川はマンゴーのラッシーが注がれたグラスを掲げた。藤堂も応じるようにグラスを持つ。

「姐さんのおかげです」

「僕は何もしていない」

「姐さんがいなければ今日という日はありません。明日という日もないでしょう」

「ホストのセールストークよりすごいセリフをもらった」

氷川は藤堂とともに生まれてから一番美味《おい》しいインド料理を食べた。そんな晴れやかな気分だ。


ショウたちのブラックホールに等しい胃袋を満たし、氷川は桐嶋や藤堂たちとともにインド料理店を後にする。どこでも先頭を切るショウが異国のような道を進み、信司がスキップで続き、自然に氷川の頬《ほお》も緩んだ。

インド雑貨店の前、インドの闘神がいた。……いや、ブリオーニの黒いスーツを身につけた清和がいた。傍らには虎《とら》がいる。

「桐嶋の、女房が世話になった」

清和の第一声に対し、桐嶋は苦渋に満ちた顔で謝罪した。

「眞鍋の、姐さんについては詫《わ》びなあかん。連絡を入れた通りや。姐さんを預からせてもらいながら眠りこけてすまん。吉沢のアニキにやられてもうたわ」

「眞鍋の責任だ」

清和の怒りは長江組に向けられ、桐嶋にはいっさいない。傍らのリキも同意するように、桐嶋に軽く一礼した。

「ほんでな、あっちこっちの親分やら社長やら先生やら姉ちゃんやら母ちゃんやらに泣きながら詫びを入れられるんや」

「そうか」

「何かやりやがったんやな」

桐嶋は眞鍋組の裏工作があったと踏んでいるが、清和はポーカーフェイスで卓と同じように否定した。

「何もしていない」

「俺は大原組長に義理があるんや。あの破門理由なんて屁《へ》でもなかったんやで」

「俺は知らない」

「キサマや」

桐嶋が仁王立ちで睨《にら》み据《す》えると、清和は馬鹿らしそうにふっ、と鼻で笑った。

「思い込みの激しい奴だな」

「クソガキ、キサマやろ。キサマ以外にこんな離れ業をやってのけんのはおらんのや。いらんことをしくさってーっ」

桐嶋が凄《すさ》まじい迫力で凄むと、清和は不敵に口元を緩めた。そうして、ふたりの組長はどちらからともなく手を握り合った。ガシッ、と。

知《し》らず識《し》らずのうちに、氷川の黒曜石のような目が潤む。藤堂にさりげなくハンカチを差しだされ、氷川は頰を伝う涙を拭《ふ》いた。

これで長江組相手の血腥《ちなまぐさ》い戦いが終わりだと思ったのは言うまでもない。眞鍋組の夜が明けた。

7

桐嶋《きりしま》組総本部は組長の怒声《どせい》で夜が明ける。朝っぱらからかくれんぼか。

「カズ、カズ、どこにおんのや。朝っぱらからかくれんぼはなしや。おいっ、マジにどこにおんのや。新婚の婿をおいてどこに行きよった。ロシアやったら許さへんで。カズーっ」

桐嶋は同じベッドで寝ていた藤堂《とうどう》がいないことに気づき、真っ青な顔で酒瓶だらけのプライベートフロアを探し回る。

氷川《ひかわ》は籐《とう》の衝立《ついたて》の向こう側のベッドで寝ていたが、いやでも目を覚ます。もぞもぞと寝返りを打った。

が、寝ていられない。

「……桐嶋さん……朝からうるさい……」

ドタバタドタバタッ、ガタッ、バタンッバタンバタッ、とけたたましい物音とともに足音が響き渡った。

チリーン、チリーン、チリーン、という鈴の音。

カラーン、カラーン、カラーン、という鐘の音が響けば、舎弟たちの報告が聞こえてくる。

『組長、一階に藤堂さんはいません。藤堂さんを一晩三百万で買おうとする社長が乗り込んできたから追い返しました』

『オヤジ、組長室とモニター室とデータ室に藤堂さんはいません。データ室に出入りのラーメン屋のバイトが潜んでいました。どこかの依頼を受けた奴《やつ》だと思います。吐かせます』

『組長、武器庫に藤堂さんはいません。ブツの保管数もそのままです。バングラデシュ人の武器泥棒を捕まえました。元支倉《はせくら》組のシマで不法滞在していた集団の一味です』

『オヤジ、どのフロアのトイレにも藤堂さんはいません。三階の東のトイレに情報屋が隠れていました。現在、シメています』

舎弟たちの報告を聞き、桐嶋の怒声が鐘の音をBGMに轟《とどろ》いた。

「カズ、どこやーっ。昨日、無理やり、マトンカレーを食わせたから奏多《かなた》のクソガキに誘拐されたんかーっ。それとも、来日中のオイルダラーにケツ触らせとんのかーっ。お前は姐さんの舎弟なんやからちゃっちゃっと姐さん用のモーニング茶でも用意せんかーっ……お前はカズ、俺を煙《けむ》に巻いてトンズラすんのは二度と許さへんでーっ。お前は俺の隣で水虫に苦しむハゲオヤジになればええんやーっ。うぉぉぉぉぉぉぉぉぉぉぉぉぉぉぉぉーっ」

桐嶋が雄叫《おたけ》びを上げた後、ようやく藤堂の絞ったような声が聞こえてきた。

「元紀《もとき》、姐さんが起きてしまう。声を落とせ」

「……カズ、そないなとこにおったんか。水浴びやったら俺を起こせ。俺は自分がインド人になったような気がするんや。俺も水浴びしてインドカレーになった血と汗を流したほうがええな……俺は今から水浴びするからお前も一緒に水浴びや。出血大サービスでお前のチ○コも洗ったるで」

顔は見えないが、藤堂を発見した桐嶋の安堵《あんど》が氷川にも伝わってきた。シャワーを浴びていたのだとわかる。

「俺が姐さんのお相手をする」

藤堂がどんな顔をしているのか知らないが、いつもの調子で桐嶋に接しているのに違いない。ふたりの会話に耳を傾けつつ、氷川はベッドから下りた。窓辺にある小さな洗面台で歯を磨いてから顔を洗う。

「……あ、そやな。姐さんにお目覚めのお茶でもチョコでも用意してぇな……いや、お前と姐さんのことやから、その間に誰かに拉致《らち》されるかもしれへん。深窓のお嬢さんコンビから目を離したら終わりや」

「俺が姐さんをお守りする」

藤堂の男としての宣言を桐嶋は即座に却下した。

「アホか、あんな、俺から見ればお前も姐さんも危険度は一緒のレベルや」

氷川が起床したことに気づいたのか、気づいていないのか、どちらか定かではないが、桐嶋と藤堂は言い合った。

「心外だ」

「それにな、どないに頭を捻《ひね》って考えても吉沢《よしざわ》のアニキ一行にここを占拠された原因がわからへんのや」

どうやら、桐嶋は昨日、自分が取った不覚に不信感を抱いている。桐嶋自身、意表を衝《つ》かれた侵入だったのかもしれない。ひょっとしたら、吉沢に買収された桐嶋組構成員がいるのだろうか。

もっとも、藤堂はなんの疑念も持っていないようだ。

「元紀が綾小路《あやのこうじ》先生たちに気を取られたからだろう」

「それ以外にも原因があるんちゃうか？　ほら、眞鍋《まなべ》がわちゃわちゃになってアニキが加勢に来てくれた時、アニキが警備システムの見直しとかでいろいろとやってくれたやんか。うちの若い奴らがボケをかましても、大ボケを連発せえへんかったらあないにきっちりぱっきり占拠されることはなかった……はずなんや。睡眠ガスが充満する前になんかが作動してなんとかなっていたはずなんや。誰かがなんか裏で操作したんかな？」

日光《にっこう》の晴信《はるのぶ》が桐嶋組に駆けつけた眞鍋の修羅といえば、二代目姐候補だった美女による怨念《おんねん》じみた復讐《ふくしゅう》戦争だろう。貴い命がたくさん奪われただけでなく、なんの罪もない裕《ゆう》也《や》の母親が被害に遭った。

抗争は二度といやだ、と氷川は今でも思いだすだけで胸が痛む。

「晴信さんは綾小路先生たちの猛攻ぶりを知らずに警備システムを見直した。今回の件、仕方がない」

尊敬していた実父に生命保険金のために殺されかかった名家の子息は、今までに惨《むご》いぐらい裏切られている。人間不信の気配もあるが、今回の吉沢の件に関し、内通者はいないと踏んでいるようだ。

「アニキはオカマパワーを知らんのかいな？」

「知っているとは思えない。知っていたら、今回の占拠はなかっただろう」

「吉沢のアニキはオカマパワーを知っとったから、利用したんか？」

「そう推測できる」

氷川はふたりの話を耳にしつつ、寝間着を脱いで淡いクリーム色のシャツに袖《そで》を通す。毎日サービスが用意した頑丈なのに軽いキャリーケースには、一週間分の身の回りのものが詰められていた。

「藤堂さん、桐嶋さん、おはよう」

氷川はふたりが言い合っているバスルームに進んだ。果たせるかな、藤堂はバスローブ姿で桐嶋に肩を抱かれている。

「……あ、姐さん、起こしてもうたか？　俺のとっておきのインド風モーニングダンスでお目覚めしてもらう予定やったんやけどな」

桐嶋がその場でインド映画お約束のダンスシーンのように踊りだした。プロにはほど遠いが、なかなか上手《うま》い。

「桐嶋さん、僕が藤堂さんを見張っているからシャワーを浴びていいよ」

「さすが、姐さん、話が早い。インド人から日本人に変身するわ……いや、あかん。深窓のお嬢さんコンビなんや。俺はインド人のまま深窓のお嬢さんコンビをガードせなあかん。昨日みたいなボケは二度とかまさへんで」

はっ、と桐嶋は途中で思い直したらしく、首をぶんぶん振った。二代目姐を危険に晒《さら》してしまった自戒の念が大きいらしい。

「僕は大丈夫」

「姐さん、俺のヤワなハートをクラッシュさせるようなことは言わんでくれ。昨日、ちょっとうちのシマを歩いただけでも姐さんに一目惚《ひとめぼ》れした男がようけいるんやで。極秘情報やけど、長江《ながえ》の極秘戦闘部隊にも吉沢のアニキの舎弟にも、姐さんにイカれた男がおったらしいわ」

桐嶋から知らなかった裏を告げられても、氷川の心にはなんの波風も立たなかった。

「僕じゃなくて藤堂さんでしょう？　僕は藤堂さんみたいにお尻《しり》を触られていない」

ROUND 5

罪作りな男、と氷川は横目でシャワーを浴びたばかりらしい藤堂を眺めた。

髪の毛が濡《ぬ》れているからか、白いバスローブ姿のせいか、ほんのり漂う石鹼《せっけん》の香りのせいか、魔性の男という呼び名がしっくり馴染《なじ》む凄艶《せいえん》な色気だ。藤堂は無言で目を細めたが、一瞬にして桐嶋の顔つきは変わった。

「……え？　姐さん、それはなんや？　カズはタッチサービスをさせたんか？」

「吉沢さんの舎弟が去り際に……」

氷川の言葉を最後まで聞かず、桐嶋は鬼のような剣幕で怒鳴りだした。

「……カ、カズっ、あれほど、言うたやろ。あっちのテレビでもこっちの映画でもオカマとホモが跋扈《ばっこ》しとうし、法律もなんかなってきとうから、ちょっと前より男と男の垣根が低くなっとんのやーっ。なんで、ケツを触らせるんや。ちょっとでも触らせたら火がつくのが男ってもんや。吉沢のアニキの舎弟なんて、カズの価値をよ〜く知っとう男やんか。ボケ舎弟に見えて、意外と使える兵隊たちなんやで。あれほど、ケツはガードせぇ、って言うたやろーっ」

かくして、もはや恒例となった桐嶋の説教が始まった。いつもと同じように、藤堂は悠然と聞き流し、白いバスローブから白いスーツに着替える。そうして、氷川のために朝の紅茶を淹《い》れた。

「姐さん、どうぞ」

ティーカップには花と蜜《みつ》の香りがする紅茶が注がれている。添えられているのは、発酵バターたっぷりのガレットだ。

「藤堂さん、ありがとう」

氷川が満面の笑みを浮かべて礼を言うと、桐嶋がボサボサ頭で口を挟んだ。

「深窓のお嬢さんコンビ、今朝は迎え酒っちゅうか、迎えインドカレーやろ。朝メシを作るから待っとってぇな。シマのインドオヤジにインドカレーの作り方を教えてもろたんや。スパイスも揃《そろ》っとう」

昨夜、氷川は実際に見聞きして気づいたが、桐嶋は自身のシマに集まってくる外国人を排除せず、柔軟に受け入れている。だからこそ、外国人も溶け込もうとして努力するのかもしれない。大都会というより、どこかの下町のような人情を感じた。いずれにせよ、狂暴な閑古鳥が暴れる不景気にも拘《かか》わらず、シャッター通りはなく、活気づいているからい。

「桐嶋さん、飲み物だけでいい」

氷川の胃にはまだ昨夜のインド料理が溜《た》まっている。どれも絶品だったが、胃にもたれるのだ。

「やっぱ深窓のお嬢さん姐さんは繊細な胃をしとうな。カズと一緒にオヤジ太りせなあかんのやから、迎えインドカレーとチーズナンやろ」

「僕はオヤジ太りしたくない。清和《せいわ》くんは僕より十歳も若いんだよ」

捨てられる、と氷川が愛《いと》しい男との年齢差による別離の不安を零《こぼ》した。歳《とし》の差カップルの破綻《はたん》は耳を澄まさなくても届く。

「姐さんがオヤジ太りしたら眞鍋の色男は安心すると思うで。試しにオヤジ太りしてみいや」

「オヤジ太りする前に僕は身体《からだ》を壊すと思う。お腹《なか》がパンパンだから紅茶だけでいい。せいぜい、野菜スムージー」

「おっしゃ、迎えインドカレーは野菜カレーや」

「桐嶋さん、カレーから離れてほしい」

氷川が切実な希望を吐露しても、桐嶋のカレー熱は冷めなかった。

「単なるカレーがええんかな？　姐さんなら薬膳《やくぜん》カレーかいな？」

「カレー自体、忘れてほしい」

「眞鍋の色男はインドカレー、好きやと思う」

「清和くん用のカレーなら作りたい。ショウくんたちがあんなに美味《おい》しそうに食べていたから清和くんも好きだと思う。レシピを教えて」

氷川が自らインドカレー作りに立候補すれば、桐嶋はしたり顔で頷《うなず》いた。

それ以後は、桐嶋組総本部の最上階でインドカレーと向き合った。昨日のように長江組の侵入はないし、眞鍋組からの緊急連絡もない。

「姐さん、インドカレーの次のステップや。インドのアーユルヴェーダやで。行くで」

「桐嶋さん、アーユルヴェーダってインドの病院に入院するの？　最低でも三週間ぐらい必要だって聞いた。旅行者向けの短期コースはかえって体調を崩すとか？」

「本場のアーユルヴェーダは眞鍋の色男と一緒の時や。今日はうちのシマのアーユルヴェーダのサロンや」

ここ最近、氷川にはなかった休日らしい休日だ。夕方からは桐嶋組のシマにあるアーユルヴェーダの看板を掲げるサロンで、オイルマッサージとシロダーラを受けた。

アーユルヴェーダはすべての医学の基礎だという説がある。西洋医学からみれば根拠のない迷信だが、氷川は身も心も癒《い》やされたような気がした。

アーユルヴェーダのサロンを出た時、桐嶋が牛耳る異国の街のような界隈《かいわい》は夜の帳《とばり》に包まれていた。

「姐さん、茶でもしばいていこか」

施術の後、温かい薬草茶をもらったが、氷川もどこかでゆっくりとお茶を飲みたい気分だった。なんというのだろう、もう少し夜風を感じながら歩きたいのだ。

「そうだね」

「ビールがええかな？」

「桐嶋さん、ビールはお茶じゃない」

「チャイがええんかな？」

「ハーブティーがいい」

「おっしゃ、任せてぇな」

桐嶋が愛想のいい客引きを躱《かわ》し、氷川は藤堂に守られるようにしてインド国旗やネパールの国旗が靡《なび》く通りを進む。スリランカの旗が靡く店で右折し、水煙草店で左折すると、ムードが一変した。東京のどこにでもあるようなギラギラした繁華街だ。

「……あ、また街のムードが変わった」

「そや。この先に自然を愛するお姉ちゃんがやっとうハーブティー屋があるんや。深夜までやっとうから常連のキャバ嬢も多いんやで」

桐嶋が家電量販店の前で進行方向に向かってウインクした時、壁に設置された巨大なモニター画面に衝撃のニュースが流れた。

一瞬、氷川はドラマか映画だと思ってしまう。

けれど、周りにいた不良じみた若い男性グループの会話で現実だと知った。

「……うわ、長江組のナンバースリーが殺されたのか。これで関西ヤクザ大戦争は確実だな」

「長江組のナンバーツーの若頭が出た後だから、この吉沢っていうのがナンバーツーだったんだろ。これで報復しなきゃ、長江組の名が地に落ちるさ」

「吉沢を殺した奴は捕まっていないんだろう？」

「そんなの、長江組から飛びだした元若頭に決まっているさ。そのうち下っ端が出頭するさ。これで長江組の分裂抗争は決まったぜ」

不良じみた若い男性だけでなく、酒臭い中年男性の集団も大きなテレビ画面を見上げながら長江組若頭補佐の不慮の死について語り合った。

「長江組の分裂っていえば、だいぶ前に神戸《こうべ》が激戦地になった抗争があったな。一般人が巻き込まれなければいいが……」

「今回、一般人は巻き込まれていないんだろう？」

「……みたいだな。殺されたのは、長江組の幹部だけだったらしい。護衛がふたり、意識不明の重体らしいが……」

氷川が桐嶋や藤堂とともにアーユルヴェーダのサロンに到着し、カウンセリングを受けていた頃だろうか。長江組の若頭補佐である吉沢は神戸にある所有のマンションを出た瞬間、狙撃《そげき》されたという。即死だったらしい。ヒットマンは逃走し、目下、長江組が警察の捜査以上に血眼になって探しているそうだ。

「平松《ひらまつ》さんはすることが早い」

藤堂が小声で感服したように言うと、桐嶋は絞った声で確かめるように聞いた。

「カズ、平松さんだと思うか？」

「平松さんだろう」

「なんでぇや？」

「頭脳派の吉沢さんが大原《おおはら》組長の下で抗争の指揮を執ったら平松派に勝ち目はない」

藤堂は怜悧《れいり》な頭脳で吉沢狙撃の裏を推理した。頭脳派の吉沢が長江組の力を駆使して、武闘派の平松が頭で戦えば、勝敗は決まっている。

桐嶋も納得せざるを得ない。……否、モニター画面の下で腕を組みながらひとしきり低く唸《うな》った。

「……う、う～ん、う～ん、まぁ、そやな……そやけどな……あれや、あれ、いくらなんでもはよないか？」

「時間が経《た》てば経つほど、吉沢さんに周りを固められる。平松さんの下に有能な参謀がついているんだろう」

「……あ、姐さん、固まっとるな」

桐嶋に顔を覗《のぞ》かれ、氷川は自分を取り戻した。

「……吉沢さん……って……あの吉沢さん？」

昨日、氷川の前に白鞘《しらさや》の日本刀を持って現れた極道が過《よぎ》る。生命力に溢《あふ》れていたが、散る時は儚《はかな》くも呆気《あっけ》ない。

それが修羅の世界で生きる男の定めなのだろうか。

「……そや、うちの本部を占拠した長江のおっさんや。姐さんを脅した罰《ばち》があたったみたいやな」

「……殺された？」

相手が誰であっても、殺害されたならば氷川の魂は軋《きし》む。

「そうや……って、姐さんは優しいから辛《つら》いな。ニュースは見たらあかん。ハーブティーを飲みに行こ」

桐嶋が視界を遮るように立ったが、氷川の視線の先は長江組について流されるモニター画面だ。狙撃される前だろうが、長江組本部から出る吉沢や護衛のような舎弟たちが映しだされる。テレビ局の美人アナウンサーが近寄ったが、吉沢はノーコメントで足早に通り過ぎた。

「……あ、ショウくんにちょっと似た長江組組員？」

氷川は吉沢の盾のように進んでいる若い構成員に見覚えがあった。昨日の言動から性格もショウに似ていると思っていた吉沢の舎弟だ。

「……あぁ、ショウちんにちょっと似とうな。あいつは吉沢さんの舎弟でナギっちゅう奴や。吉沢さんに引き立てられただけに、そんなに頭は悪くないんや……ごっつい頭が悪そうに見えるけどな」

桐嶋も吉沢お気に入りの舎弟を知っているらしく、周囲に目を配りながら低い声で説明した。

「……ナギ？」

「草薙《くさなぎ》っていうからナギ、ちゃうかな」

「……あ、桐嶋さんに似た長江組組員もいる。……けど、変装していないから、そんなに似ていないか」

モニター画面の中、吉沢を命がけで守ろうとしている舎弟には、桐嶋に扮《ふん》していた男もいた。

「……俺のほうが男前やろ……もう、行こ。ハーブティーや。カモミールやハイビスカスが呼んどうで」

桐嶋だけでなく藤堂にも目で促されるが、氷川はモニター画面の前から動く気がなかった。自分でもわけがわからない。

「大丈夫だよ。桐嶋さんのふりをした長江組組員はなんていう名前？　吉沢さんのそばにいるから無能な下っ端じゃないよね？」

「あかん、あかん。聖母マリア様が辛そうや。もう見たらあかん。考えるのもなしや。もっと楽しいことを考えなあかんわ。ダーリンと一緒に」

「桐嶋さんのふりをした組員は藤堂さんのお尻を触った」

「……なんやて？　俺に化けたふりした奴がカズのケツを触ったんかいな。いったいこの世はどうなっとんのや。綾小路先生もリリアンちゃんもバニーちゃんも、お触りしてほしいのに触ってもらえへんから咽《むせ》び泣《な》いとうねんで」

埒《らち》が明かないと悟ったのか、藤堂が珍しくさりげなく氷川の肩に手を回す。強引ではなかったが、氷川は歩きだした。

長江組関係のニュースが聞こえなくなっても、氷川の心は曇っている。ただ、桐嶋と藤堂に巧みに誘導され、話題は本場のアーユルヴェーダになった。自分よりまず、清和と祐《たすく》に受けさせたい気分だ。

8

翌日、長江《ながえ》組の分裂騒動は幹部の狙撃《そげき》という衝撃的なニュースで日本各地に拡大した。大方の予想通り、平松《ひらまつ》の子飼いの舎弟が出頭しても、それで幕引きにはならない。長江組の分裂戦争はこれからだ。

平松は長江組の精神を受け継ぐという主義を旗印に、一徹《いってつ》長江会という新しい暴力団を設立した。袂《たもと》を分かった長江組に対する宣戦布告以外の何物でもない。

今現在、長江組による東京進出の懸念はないが、多かれ少なかれ影響は受ける。

「姐《あね》さん、堪忍や。俺が姐さんのアッシーするつもりやったんに魔女直々のご命令が飛んできよったわ」

桐嶋《きりしま》もさすがに自身のシマを離れることができず、氷川《ひかわ》の勤務先への送迎はイワシが運転する送迎用のメルセデス・ベンツだ。なんでも、本来の送迎担当のショウは、元支倉《はせくら》組のシマに吉沢が密《ひそ》かに作っていた海外マフィアや密航者、麻薬製造及び密売のアジトを叩《たた》く担当だという。元支倉組構成員は眞鍋《まなべ》組の二代目組長の盃《さかずき》を受け、眞鍋組構成員になったが、有能という形容がつけられず、任せられないらしい。

「イワシくん、元支倉組の組員さんたちはそんなに無能？」

氷川が困惑気味に尋ねると、イワシはきっぱり言った。

「……はい、支倉組の組員がここまで使えなかったとは意外でした。三年前に亡くなった若頭補佐や二年前から服役中の舎弟頭は切れ者だったんですが、あのふたりがいなくなってから支倉組は傾いたようです」

「眞鍋組にはそんな無能な組員が増えたの？」

「魔女の怒りが炸裂《さくれつ》して、橘高《きったか》顧問や安部《あべ》さんがフォローに回っています」

イワシの口ぶりから、どれだけ混乱を極めているか、手に取るようにわかる。昔気質《むかしかたぎ》の重鎮たちは板挟みの十字架を背負っているに違いない。

「……いくら竜仁《りゅうじん》会の会長の指示でも、どうして支倉組のシマなんて受け取る？」

どんな義理があったのか知らないし、裏でもっと違う何かがあったのかもしれないが、氷川は釈然としなかった。そもそも、寒野禮《かんのれい》が狙《ねら》うこともしなかった魅力のないシマだ。竜仁会の会長の絶対的な命令があっても、祐《たすく》ならばデメリットが大きいと判断し、巧妙に辞退できたのではないだろうか。

「拒否できなかったそうです」

「シマが増えたから、眞鍋組はますます大変になったんでしょう？」

「眞鍋組が仕切らなければ、もっと大変なことになっていました」

氷川はイワシから眞鍋組の状況を聞き、なんとも言いがたい複雑な気分だ。

「清和《せいわ》くんが支倉組長を暗殺したっていう噂《うわさ》が消えたのはいいけれど……こんなことになるなんて……暴力団も吸収合併ってあるんだね」

「……吸収合併？　いい表現ですね」

イワシは楽しそうに笑いながら、高級住宅街が広がる小高い丘を上がる。周囲に不審車や不審人物は見当たらない。桐嶋組総本部を出た時からずっと背後で走っている車には、イワシと同郷のメンバーが乗っているという。

「姐さん、二代目と離れてお寂しいと思いますが、落ち着くまで我慢してください。寂しさは桐嶋組長にぶつけてください。眞鍋及びサメの部下、全員の総意です」

「清和くんが浮気しないようにお願いします」

「二代目にそんな時間はありません。寝る間もないです。虎《とら》にも魔女にも寝る時間はありません」

イワシに愛《いと》しい男の浮気をきっぱりと否定され、氷川は苦笑を漏らした。もっとも、祐の身体《からだ》に不安を覚える。

「祐くん、倒れていないのかな？」

「姐さんをお迎えしたら倒れるでしょう。それまで意地でも倒れないはずです。あの精神力がどこから来ているのか知りたいぐらいです」

やけに実感のこもっている言葉に、氷川は二の句が継げない。

そうこうしているうちに、目的地に辿《たど》り着《つ》いた。青々と茂る草木が眩《まぶ》しい朝陽《あさひ》に照らされ、いい天気の一日になりそうだ。

通い慣れた勤務先に進み、白衣に袖《そで》を通した瞬間、氷川は心から愛しい男を消し去る。そうして、人の命を預かる医師としての職務をまっとうする。

医局でも医師たちの話題は長江組分裂による抗争だ。すでに誰も関東ヤクザ大戦争や外道の極みの眞鍋組の話は口にしない。

さしたるトラブルもなく変わらない仕事を終え、イワシがハンドルを操る送迎車で桐嶋組総本部に向かった。桐嶋や藤堂《とうどう》は下にも置かない歓待ぶりである。桐嶋組構成員たちも感じがいい。

ただ、愛しい男がいない寂寥感《せきりょうかん》は埋められない。

けれども、氷川はいっさい口にせず、ひたすら愛しい男の無事と平和を心の中で祈った。そうするしかなかったのだ。

祈り続けて待つ。

そんな日が続いた。

メディアでどんなに長江組の分裂騒動が報道されても意識を向けない。医局で交わされる関西ヤクザ大戦争の話にも耳を傾けない。

桐嶋や藤堂、桐嶋組構成員たちもそういったことは話題にしなかった。もっぱら話題に上るのはアーユルヴェーダと藤堂の魔性っぷりだ。

氷川が桐嶋組総本部で寝泊まりするようになってから五日経《た》った。多忙を極めているらしく、愛しい男は一度も顔を出さない。それどころか、ショウや宇治《うじ》、卓《すぐる》といった若手構成員たちも現れなかった。勤務先への送迎担当はイワシだけだ。

吉沢《よしざわ》が狙撃された長江組の報復が始まると予想されていた。血で血を洗う抗争に発展すると警戒していたのに、不気味な小康状態を保っている。平松も平松派も殺害されたニュースは流れなかった。

もちろん、仕事中はそれどころではない。

担当患者が急変し、病棟に呼びだされたが、落ち着いたためほっと胸を撫《な》で下《お》ろす。ナースステーションで看護師長や担当看護師と話し合った。若い看護師からモンスター患者の近況を聞かされたが、まだ強制退院させるほどではない。担当医として言うべきことを言ってから、ナースステーションを後にした。

消毒液の匂《にお》いがする廊下を歩いていると、広々とした一画にテレビが設置されている談話スペースがある。オリンピックやワールドカップなどでもない限り、今までテレビの前に入院患者が集まったり、見舞客が足を止めたりしなかった。けれど、ここ最近、やけに入院患者がテレビの前に集まって、興奮気味に会話している。ご多分に漏れず、テレビのチャンネルは長江組の分裂騒動に合わせられていた。

「長江組と一徹長江会の大戦争だな」

「これから関西は銃弾の嵐《あらし》だ。前の長江組分裂戦争の時、カミさんが怖がるから神戸《こうべ》旅行をキャンセルした」

「……あぁ、あぁ、前の時は関西への出張にビビりながら行きました。今回もどちらかが潰《つぶ》れるまで戦争が続くんでしょうか」

「関西ヤクザは昔からすごいからな」

一昔前の長江組分裂による激闘を知っている患者たちは、それぞれ、やけに熱く語り合っている。

そんなにヤクザで興奮しないでください、と氷川は杖《つえ》を振り回す担当患者の血圧を心配したが、何食わぬ顔で通り過ぎようとした。

しかし、突然、氷川は凄《すさ》まじい力で腕を摑《つか》まれた。振り返れば、見覚えのある極道が立っている。

「姐さん、俺がわかるか？」

ショウにどこかよく似た男は、先日、桐嶋組総本部に乗り込んできた長江組の若頭補佐の舎弟だ。

「……え？　長江組の吉沢さんの……」

あの時、目の前に男根を差しだされたからティーポットの紅茶をかけた。だいぶ冷めていたが、火傷《やけど》したのだろうか。

「そうや。吉沢のオヤジの舎弟や」

「診察を受けに来たのですか？」

氷川が股間《こかん》に視線を流すと、ショウにどこか似た男はいきり立った。

「ちゃう。あれぐらいなんでもないわーっ」

「……よかったですね……えっと、ナギ？　草薙《くさなぎ》さんとか？」

氷川は桐嶋から聞いた名前を思いだした。頭脳派の幹部に取り立てられるだけあって単純単細胞アメーバではない、と。

「俺の名前を知っとるなら話が早い。サメはどこや？」

「……え？　サメ？」

「惚《とぼ》けるな。眞鍋のクソガキが帝王ヅラできんのもサメがおったからや。外人部隊のニンジャが眞鍋のクソガキについて吉沢のオヤジはびっくりして噴いてたわ」

サメはどこにおるんや、とナギに殺気を含んだ声で続けられる。今にも刃物を取りだしそうな剣幕だ。

「知りません」

今、眞鍋組でサメに扮《ふん》しているのは副官の銀《ぎん》ダラだ。ショウや宇治など、若い眞鍋組構成員も知らない極秘情報だと聞いている。

「……ほな、テレビを見ろ」

グイッ、と凄絶《せいぜつ》な力でテレビの画面を向かされた。

当然、氷川はテレビ画面ではなく集まっている入院患者たちに意識が向く。ここで下手に抵抗して刺激したら、ナギは患者たちに危害を加えるかもしれない。おとなしく従うしかなかった。

「……テレビ？」

「よう見ろ。長江組の元若頭で一徹長江会を旗揚げした平松や」

テレビ画面には長江組から分裂した元若頭の平松が映っている。渦中の人物だ。

「……一徹長江会の平松？」

……あれ？

……懐かしい？

会ったことはないはず、と氷川はテレビ画面の中でインタビューに答える平松に違和感を抱いた。

「あれはほんまに平松なんか？」

ナギの苛立《いらだ》ちを含んだ言葉とテレビ画面の中で雄々しく立つ平松が交錯した。打ち上げ花火が上がったような感覚の後、氷川の瞼《まぶた》に神出鬼没の男が過《よぎ》る。

……ま、まさか、サメくん？

平松さんじゃなくて僕の知っているサメくん？

たこ焼きやインドカレーの食べ歩きで神戸に行ったんじゃないのはわかっているけれど、平松さんに変装しているの？

本当の平松さんはどこ？

サメくんが平松さんだった、なんてことはないはず。

サメくんが平松さんに変装している、と氷川の思考回路がフル回転したが、辛《かろ》うじて態度には出さない。

「……君に何を言われているのか、僕はわからない」

氷川が弱々しく首を振ると、ナギは鬼のような顔で経緯を語りだした。

「あの後、急いで神戸に戻ったんや。吉沢のオヤジは陰で何度も平松さんにコンタクトを取ろうとしたんやけど断られたんや。……まぁ、無理やり、ちょっとだけ会ったんやけどな。話もでけへんかった」

おそらく、頭脳派の幹部は平松を水面下で説得するつもりだったのだろう。ここで長江組が分裂すれば、長年の悲願だった東京進出は水泡に帰《き》す。

「それで？」

「あれは本当の平松さんか、って吉沢のオヤジが不思議がった。別人が平松さんに化けたんちゃうか、って目星をつけたんや。……サメやろ」

さすが、と称賛するべきだろう。吉沢はきちんと長江組元若頭の違和感に気づいていた。

「……知りません」

「あん時、今までどうやってもハッキングでけへんかった桐嶋組総本部の警備システムにハッキングできたんや。運良く、オカマたちも使えたから、俺たちは桐嶋組総本部に乗り込んだんやけど……あの時、藤堂がなんかしたんやな？　藤堂はわざとハッキングさせたんやな？　姐さんと藤堂で俺たちの目を引きつけるために囮《おとり》になったんやろ？」

吉沢は地獄の亡者のような顔で一気に捲《まく》し立《た》てたが、一瞬、氷川は理解できずに瞬きを繰り返した。

「……え？　囮？」

「せやから、あの時や。吉沢のオヤジが桐嶋組総本部ミッション中ちゃうかったら、絶対に平松さんを止められたんや。平松さんが公表する前に止めてたで。うちのオヤジはそれができる極道やったんや。せやから、姐さんと藤堂が目くらましになったんやな」

吉沢一行に桐嶋組総本部を占拠され、桐嶋が首を捻《ひね》り、藤堂が諭すように宥《なだ》めていたことを思いだす。

藤堂さんがその気になれば桐嶋さんに気づかれずにできる。

清和くんと藤堂さんが組んで、吉沢さんの目を僕や桐嶋組総本部に向けようとした？

清和くんじゃなくて祐くんと藤堂さんが組んだのかな？

長江組の分裂は抗争と同じ意味だって聞いた。

眞鍋が長江組を分裂させた？

サメくんが平松さんのふりをして長江組を分裂させた？

そんなことができるわけがない、と氷川は長江組と眞鍋組の力の差を比較したが、テレビ画面で平松に扮しているサメがすべてを物語っている。……そんな気がした。あの一徹長江会の会長がサメであることは間違いないから。

「……僕は知りません」

「眞鍋とサメ以外、こんなことはでけへん。サメは宋《そう》一族の手も借りたんやろ。サメは宋一族のダイアナにツテがあるやんなぁ」

変装が上手《うま》い宋一族の名も飛びだしたが、氷川は気弱な一般人のふりをして首を振った。

「……僕には関係ありません」

「サメが平松さんに化けて、長江組を分裂させて、吉沢のオヤジを殺して……長江を崩壊

14:35

させる気か？」

　グッ、と氷川の背中に何か固いものが押しつけられた。ナギが隠し持っていた拳銃《けんじゅう》だと確かめなくてもわかる。

「問い質《ただ》す相手を間違《と》えています」

　ここで発砲されたら患者さんたちにも被害が出る。

　撃つなら僕だけにして、と氷川は心の中で長江組の戦闘兵に訴えた。吉沢を亡くし、復《ふく》讐《しゅうしん》心に燃えていることは手に取るようにわかる。

「美玖《みく》姐さんが脅迫罪でインド人に訴えられたのも、ダイアナの力を借りたサメ部隊が陰で動いたからやろ。眞鍋におるサメは諜報《ちょうほう》部隊の誰かが化けとうサメやな」

　吉沢がそこまで見破っていたのか、ナギ自身が気づいたのか、大原組長も知っているのか、なんにせよ、眞鍋組でサメとして活動している男の正体は摑んでいるようだ。それゆえ、長江組側の平松に対する報復がなかったのかもしれない。まずは真実を摑んでから、と。

「君、お帰りなさい」

「昔みたいな戦争はでけへんようになってんねん。大原組長はできるだけ全面戦争を避けるように進めてんのに全部、サメが化けた平松さんがブチ壊しよったな。あれか？　サメは長江をブチ壊してシマを奪う気か？」

グッグッグッ、と威嚇するように銃口で抉《えぐ》られた時、若い看護師と白髪頭の警備員が通りかかった。鉢植えの観葉植物で見えなかったらしく、氷川に対する挨拶《あいさつ》代わりの会釈はない。

それでいい。

ここでスタッフに気づかれ、騒がれたら危険だ。

「ここで僕に言うことではありません。今ならば銃刀法違反にも目を瞑《つぶ》ります。スタッフに気づかれないうちに帰りなさい」

氷川は宥めるように優しく言ったが、ナギは手負いの獣そのものだ。いっさい聞く耳を持たない。

「眞鍋が長江の代わりに国内統一をする気か？」

ガツンッ、と氷川は後頭部をハンマーで叩き割られたような気がした。極道の目をした愛しい男が眼底を過る。

「……そ、そんなことを考えているはずがない」

「眞鍋に国内統一の野心がなきゃ、こんな手を取るわけねぇだろ」

ナギが指摘した通り、暴力団らしからぬ戦い方だ。眞鍋組に野心があると疑われても仕方がないかもしれない。

何があったのかわからないけれど、ここで僕が動揺したら終わり、と氷川は心の中で自分に言い聞かせた。

「僕に聞いても無駄です」

「眞鍋と交渉するなら姐さんを捕まえるしかないやろ。今から人質や」

「繰り返します。帰りなさい」

「姐さんがおとなしく人質にならへんかったら患者は皆殺しや。あいつらは金でいくらでもコロシを請け負うプロやから安心してな。入院患者役以外、税関も通ってへんから足もつかへん」

ナギの視線の先、病棟にミスマッチな東南アジア系の青年グループがいる。どうも、車椅子《くるまいす》に座っている東南アジア系の入院患者の見舞いだ。……否、おそらく、見舞いに見せかけているのだろう。それゆえ、誰も不信感を抱いていない。

ただ、氷川にはわかる。

東南アジア系の青年たちは各自、武器を隠し持っているはずだ。

車椅子に座っている入院患者が、膝掛《ひざか》けの下に拳銃を忍ばせていることもなんとなくわかった。

「今ならば間に合います。関係者を連れて引きなさい。僕は君を咎《とが》めたりはしないから」

以前の長江組分裂騒動では街中でも乱射事件が勃発《ぼっぱつ》した。

今、ここで乱射させたりはしない。

一発でも発砲したら手がつけられなくなるだろう。

僕が人質になるしかないのか、と氷川は覚悟を決めた。ナギに力尽くで動かされるまま、入院患者が集まっている談話スペースから離れる。

そのまま使用頻度の少ないエレベーターに向かって進んだ。ナギは的確に院内について調べている。

「……オカマ……ここでは氷川センセイやな。センセイ、暴れても無駄や」

ナギに殺気を含んだ声で脅され、氷川は宥めるように優しく言った。

「ここは病院です。暴れないでください」

「センセイ次第や」

「スタッフに気づかれたら終わりですよ」

「そんなヘマは踏まへん」

「ここで君たちが暴れ、なんの罪もない患者に危害を加えたら、長江組の名が落ちます。注意してください」

吉沢さんならば長江組に泥を塗るようなことはしなかったはず、と氷川は故人の名を使って諭そうとした。おそらく、頭脳派の幹部ならば一般社会から叩かれるようなことを避けたに違いない。

「せやから、センセイがおりこうさんにしとったら、こっちも乱暴なことはせえへん」

「病院で青年が集団でいたらそれだけで目立ちます」

東南アジア系の青年たちもぞろぞろとついてきた。新入りの看護師と擦れ違ったが、東南アジア系の青年たちに驚いたようだ。不幸中の幸い、囲まれていた氷川に気づかなかった。おそらく、わからないように氷川を囲んでいたのだろう。

車椅子を押していた東南アジア系の青年がエレベーターの前で止まった。ボタンを押すのは、あどけない顔立ちをした青年だ。

鈍い音を立て、エレベーターが開く。

誰も乗っていない。

「センセイ、サメが化けた平松さんが消えたら姐さんは助けたる。ちゃんと解放したるからおとなしくしてぇや。監禁中、男が欲しくなったら相手してやるから安心してぇや」

氷川が無人のエレベーターに連れ込まれそうになった瞬間。

ピリリッ。

スタンガンか。

不気味な音が鳴り響くや否や、ナギがその場に倒れた。……いや、倒れる前にいつの間にか背後に迫っていた男性看護師に支えられた。

「氷川先生、お疲れ様です」

爽《さわ》やかな男性看護師は諜報部隊のイワシだ。

ピリリッ、ピリリッ、ピリリッ、と鳴り響くスタンガンの音。

シマアジやタイ、ハマチなど、男性看護師に扮したメンバーが東南アジア系の青年たちを目にも留まらぬ速さで倒した。

車椅子に座っていた青年が隠し持っていた拳銃を構える。

トリガーを引こうとした。

その寸前、ハマチがスタンガンで失神させる。

救急隊員に扮したメンバーがストレッチャーを押しながら現れた。卒倒したナギや東南アジア系の青年たちをストレッチャーに乗せる。

長いようで短い一時。

ほんの一瞬の出来事と思えないがほんの一瞬だ。

「……あ……」

氷川が声にならない声を上げると、イワシが真顔で言った。

「患者は処置します」

確かに、ストレッチャーで運ばれるナギや東南アジア系の青年たちは患者にしか見えない。

「……あ……あのっ」

「失礼します」

　イワシが軽く一礼すると、エレベーターにナギや患者役の東南アジア系の青年が運ばれる。ほかの東南アジア系の青年は救急外来出入り口に近いエレベーターに運ばれていった。諜報部隊のメンバーは院内で騒動を起こさないように処理するつもりだ。

「……あ……あ……ちょ、ちょっと……」

「氷川先生、俺たちに任せてください。こちらで処置します」

　イワシは看護師として立ち去ろうとしたが、氷川は引き留めずにはいられなかった。

「……ど、どうする？」

「ご家族に書類の記入をしてもらってください」

　イワシに示された先、医師会の注意書きが記されたポスターの前にはサメがいた。患者の家族に化けている。

「……ご家族？」

　氷川にはサメではなく銀ダラだと一目でわかる。ただ、サメを知る者には諜報部隊のトップに見えるだろう。何も知らない者には患者の家族か見舞いだ。

「氷川先生、お疲れ様です」

「……ぎ、銀ダラ……くん？」

　氷川が掠《かす》れた声で名を呼べば、銀ダラはサメの声音で否定した。

「鮫島《さめじま》です」

氷川はコクリと頷《うなず》くと、小声でそっと囁《ささや》くように尋ねた。

「……ど、どういうこと？」

「氷川先生、なんの心配もいりません。すべて俺たちに任せてください」

「……サメくんは平松さんに化けて長江組を分裂させた？　東京進出を止めるため？」

勤務先でこんな話をするべきではない。それはよくわかっている。よくわかっているが、尋ねずにはいられなかった。

「目的はたこ焼きとインドカレーです。いくら大好物でもたこ焼きとインドカレーばかり食べていたら身体を壊すのに」

銀ダラの話すサメらしい理由に誤魔化されたりはしない。氷川は真剣な顔で海千山千の副官に詰め寄った。

「サメくんが平松さんに化けて長江組と抗争するの？　東京進出が消えたからもういいでしょう。バレないうちに早く戻ったほうがいい」

「インドカレー制覇が終わっていないそうです」

銀ダラの喩《たと》えに氷川の背筋が凍りついた。つい先ほど、ナギが口にしていたことが耳に木霊する。

眞鍋組の野心。

絶対にありえないと一蹴《いっしゅう》したけれども。

「……まさか、恐ろしいことを計画していないよね？」

「タンドール窯の購入計画を立てています」

サメは眞鍋の昇り龍に天下を取らせる男、と称されている。若い清和が不夜城を手中に収めた最大の原動力は元外人部隊のニンジャだ。

不夜城だけではないのか。

国内随一の勢力を誇っていた長江組を潰し、その野望を引き継ぐつもりなのか。

絶対にありえないと思っている。

思っているが、なぜ、サメは帰ってこない。

どうして、自分は桐嶋と藤堂に預けられたままなのか。

まさか、まさか、そんなはずはない、けれど、と氷川の思考回路は恐怖と驚《きょう》愕《がく》に染まった。

「今すぐ、僕は本物のサメくんと一緒にインドカレーが食べたい。呼んでほしい」

まずはサメを戻らせなければならない。

「伝書鳩《でんしょばと》でオヤジに伝えます」

「……どんないやらしいことをしてもいいから、恐ろしいことは考えないで、って清和くんに伝えて」

要は諜報部隊のトップではなく眞鍋組のトップだ。真っ先に愛しい男を問い質さなければならない。見果てぬ野望を抱いていたら、どんな手を使っても正す。それこそ、命をかけてもいい。

「氷川先生、ご自身で告知してください」

氷川の目に引《ひ》き摺《ず》られたのだろうか、銀ダラは化けていたサメではなく自分の声で宥めるように言った。

「……そうだね。僕自身で言う」

長江組の影が引き、眞鍋組の夜が明けたと思った。

が、まだ夜は明けていなかった。

今まで経験したことのない闇夜《やみよ》に紛れ込んだような気がした。

それでも、愛しい男に対する想《おも》いは微塵《みじん》も揺るがない。切ないぐらいに愛しくて、苦しいぐらい恋しい。

深く愛されている自信もあるからさらに辛《つら》い。

光明が見えない闇夜が一刻も早く明けることを切実に願う。……いや、命に代えても夜明けを迎えるつもりだ。

あとがき

講談社X文庫様では五十度目ざます。五十という冊数に今さらながらにびっくりしている樹生《きふ》かなめざます。

……ええ、よくもまぁ、今まで見捨てずに五十冊も……この御時世に五十冊も……五十冊目によりによってこのネタか……。いろいろと思うところがありますが、こうやって五十冊目を出していただけるのも、読者様の応援があるからです。すべて読者様のおかげです。どんなに感謝しても足りません。

担当様、多大なるご迷惑を……ではなく、いつもありがとうございます。

奈良千春《ならちはる》様、多大なるご迷惑をおかけしています……ではなく、ありがとうございます。

読んでくださった方、ありがとうございました。

再会できますように。

五十冊の節目に滝行しようとして断念した樹生かなめ